奇妙な星の
おかしな街で

＊

吉田篤弘
Atsuhiro Yoshida

春陽堂書店

目次

装幀――――クラフト・エヴィング商會〔吉田浩美・吉田篤弘〕
イラスト――著者

奇妙な星のおかしな街で

遠いところ

これまでのところ、来し方のほとんどを、生まれ育った東京で過ごしてきた。遠いところへは、あまり行ったことがない。

しかし、東京というのはじつにおかしな街である。一度も行ったことのない、遠いところのあれこれが容易に手に入る。たとえば、ベルギーの消しゴムであるとか、スイスの自転車であるとか、ベトナムのフライパンであるとか、そういったものが、何くわぬ顔で街なかに並んでいる。

中でも、口に入るもの——飲食物の種類の豊富さは、もしかすると世界随一ではないか。近所のスーパー・マーケットに出向くと、飲料水のコーナーに、さまざまな国から送られてきた水が揃っている。フランス、イタリア、ドイツ、オーストラリア、スイス、とよりどりみどり。いずれも継続的に販売されているようなので、それぞれに定期購買の客がいるのだろう。

となると、この街には人知れずドイツの水ばかりを飲んでいる人がいたり、あるいは、スイスの山奥の聞いたこともないような鉱泉から採取した水を愛飲している人がいる、ということになる。

いや、何を隠そう、かく云うぼくも、フランス産のミネラル・ウォーターを毎日のように飲んでいる。

もし、時をこえて江戸の世からこちらへタイム・トラベラーがやって来たら、彼らはまずもって、蛇口なるものから自在に水が出てくることに目を見張るだろう。なおかつ、自宅に居ながらにして飲料水を手に入れられるのに、わざわざ、遠い国から運んできた水に、それなりの金額を払って飲んでいるのだと知って、いよいよ仰天するに違いない。

江戸時代は時間的に遠いところであるが、もし、空間的に遠い銀河系の果てから異星人が地球見物にやって来たらどうなるか。彼らは、もしかすると、水の多様性には、さほど驚かないかもしれない。そのかわり、人間が、毎朝、牛の乳を飲んでいる事実に驚嘆するかもしれない。

「生まれたときからそうなのか」と彼らは質問してくる。「いや、生まれてからしばらくは、主に人間の乳を飲むことが多い」と、われわれは答える。すると彼らは、「では、なぜ、牛の乳を飲むようになるのか」と、なおさら驚く。

そういえば、「食べてすぐ横になると牛になる」という迷信があるが、横になるとか、ならないとかではなく、毎日、牛の乳を飲みつづけていたら牛

S

になってしまわないのか、と素朴な疑問も生まれてくる。

遠いところへは、あまり行ったことがない、と書いたとおり、たとえば、ぼくは北海道に行ったことがない。フランスにも行ったことがない。けれども、ほぼ毎日、フランスの水を飲み、近所のスーパーで買ってきた北海道産の牛乳を飲んでいる。おそらく、ぼくという人間の成分解析をすれば、牛になる予兆は見られないとしても、一度も行ったことのない北海道の水や草や土といったものが、知らず知らずのうちに体内に浸透していると解明されるのではないか。

縁もゆかりもありません、などとうそぶいても、いつのまにか、見知らぬ遠いところとつながってしまうのが、東京という街のおかしなところである。

よし、そういうことなら、と開きなおり、せっかく、このようなところに住んでいるのだから、なるべく数多く種類を取り揃えたスーパー・マーケットへ物色しに出かけようと思い立った。最寄り駅から電車に乗って一時間あまり行った都心の一角に、まるで、博物館のようにありとあらゆる食材を揃えたスーパーがあるという。

これは、ちょっとした酔狂である。

そんなところまで遠征しなくても、およそ、たいていのものは近所の行きつけで手に入る。しかし、げにおそろしきは人間の欲望で、どれほど種類が豊富でも、そのうち、それが当たり前になって、より目新しいものが欲しくなってくる。

たどり着いたスーパーは、まさに博物館のようにびっしりと商品を陳列していた。世界中から集められたあれやこれやに目移りして、いささか疲れ、結局、パッケージの隅に、「伝統の味」と謳った紀州産の梅干しを買って帰ってきた。紀州は、さほど遠いところではないけれど、やはり、行ったことがない。なにより、近所のスーパーでは売っていないものだった。いかにもおいしそうで——いや、実際に食べてみたら、遠征した甲斐があった、と思わずにんまりしてしまうほどの美味だった。

紀州か。今度、行ってみようか、と遠い目になり、おもむろにパッケージの裏に記された小さな文字を確認すると、紀州産の梅を使っているのはそのとおりだったが、製造所は東京で、それも、ごく近所の、歩いて五分とかからないところだった。

「三」の効用

このところ天候が不順で、曇り空を見る機会が多くなった。つい先日も、散歩の途中でみるみる空模様が怪しくなって、空一面が雲で覆われた。これがあたかも水墨画を見るような雲で、思わずスマートフォンを取り出してカメラに収めた。

そうするあいだにも、刻々と雲の様子は移りゆき、さらにもう一枚撮ってみたところ、今度は彫刻作品を思わせる立体的で抽象的な連なりになった。

見上げれば見上げるほど、ありきたりな言葉では表現できなくなっていく。

大げさに云えば、無限の階調によって彩られていた。

いや、これはあながち大げさではなく、日本には「四十八茶百鼠」なる言葉があって、これはつまり、茶色は四十八種類、鼠色は百種類もの色あいがあるという意味だ。ただし、この数は言葉の綾であって正確なものではない。実際は、いずれも百を超える種類がある。

「でも、鼠色は鼠色でしょう」と云うことなかれ。色見本帳をひもとけば、「葡萄鼠」「桜鼠」「利休鼠」と、ひとつひとつに、しっかりと名前までついている。

この「百鼠」が、いかにして誕生したかというと、江戸時代に発令された奢侈《しゃし》禁止令すなわち「庶民は贅沢をしてはいけません」という御触れに端を発している。このとき、江戸の庶民は着物の色や柄に豪奢な色を使うことを禁じられた。されど、江戸っ子は庶民こそが洒落者であり、「色を禁止するなんて、野暮な話だねぇ」と御上に反発したくなった。

そこで生み出されたのが、「百鼠」である。使用を許された数少ない色のひとつであった鼠色に、少しずつ色を加えてバリエーションをつくった。ひとくくりにすれば「鼠色」だが、そのグレー・トーンの中に微妙な色のニュアンスを愉しむことを覚えた。

「派手な色なんてみっともない。本当に粋なのはモノトーンだ」

と、逆手にとってみせたのである。

こうして江戸時代の庶民は賢いものをいくつも発明したが、たとえば、あのジャンケンというものも、江戸の終わりに日本で生まれたと云われている。云うまでもなく、グー、チョキ、パーと三つの手のかたちで勝敗を決めるわけだが、パーがグーを制するのは誰しも思いつきそうなこと。ここで讃えたいのはチョキの発明である。

あたりまえだが、グーとパーだけでは勝負にならない。そこへチョキという第三の手が加わったことで、ジャンケンはじつにシンプルかつ奥深い遊戯となった。

この「三番目」の存在が気になる。

というのも、この世にドラマをもたらしているのは、いつでも、「三番目」ではないかと思われるからだ。

なにごとも、一対一では角が立つのである。第三の男が公平な目でジャッジするべきで、それでも片づかないときは、助っ人や後ろ盾といったものが必要になる。でなければ、いつまでも睨み合ったままになり、三人目があらわれないことには、「過半数」という言葉も生まれてこない。

言葉の上で云えば、「三」の効用を説いたものに、「三人寄れば文殊の知恵」という諺がある。あるいは、「三度目の正直」というのも、よく耳にす

1 2 3
T
cat

る。もちろん、いいことばかりではなく不都合なこともあり、三人で将棋はできないし、麻雀もできない。男前を競う世界において、「三枚目」と云えば、おおむね道化役と決まっている。

もっとも、仏像を拝観したときに気づくことだが、脇侍《わきじ》と呼ばれる引き立て役が両脇にいることで、はじめて中心に位置する仏様が際立ってくる。デュオに中心人物はいないけれど、トリオが横並びになれば、自ずとセンターが生まれてくる。

これは、ひるがえして云えば、優劣がより明確になるということだ。男女の三角関係にも通じるところがあり、二人だけならうまくいっていたのに、三人目が加わったことで、事態は、なんともややこしいことになっていく。

三という数字は二つに割りきれないがゆえに複雑な状況を生み、その一方で、割りきれないがゆえに、決まりきったものにあたらしい展開をもたらす。

グーでもパーでもなく、右でも左でもなければ、白でも黒でもない。
白と黒のあいだには百通りの鼠色を育んだ豊かな可能性がある。
とかく、「白黒はっきりしない」と揶揄され、「グレー・ゾーン」と云えば、
曖昧であったり、疑わしいときに用いられるのが常だ。が、白黒はっきりし
ない美しさもあるのだと、曇り空を見上げながら考えた。

人生は計測である

最近、ようやく気づいたのだが、どうやら、人生は「計測」であるらしい。

なにしろ、人はこの世に生まれ落ちた途端、体の重さが計測され、その他もろもろ、いくつもの数値がただちに記録される。

ごく当たり前のこととして、自分が何年何月何日に生まれたと誰もが知っている。それればかりか、何時何分何秒に至るまで、きわめて正確に誕生時のデータがのこされていたりする。

以降、人はさまざまな場面において、計測されることになる。身長、体重はもとより、体温や血圧などが測定され、視力、聴力、握力、跳躍力といったものから、走る速さや、泳ぐ速さまで計測される。

これがやがて、人間にとって最も厄介な「順位」や「優劣」といったものと大いに関わってくる。

自分はまったく記憶していないのだが、母の話によると、幼稚園で受けた知能指数の検査結果がすこぶる良く、正確な数値は覚えていないものの、驚くばかりにＩＱが高かったという。ぜひ、数値に見合った小学校を目指すべきです、と幼稚園の先生に推奨されたらしい。

ところが、うちは父も母も、「子供は勉強ばかりしないで遊ぶべき」というのが持論で、結果、ごくふつうの小学校に入学して、ただただ、のびのびと遊んで少年時代を過ごした。

ある日、そうして近所の公園で友達と遊んでいたとき、高さ一メートルほどの壁の上から仰向けに落下して後頭部をしたたかに打ちつけた。一瞬のことだったが、視界のすべてがスローモーションになり、そこまでは覚えているが、そのあとの記憶がない。

気づくと、病院のベッドに寝かされていた。しばらく安静にしたあと、頭に色とりどりの電極が装着され、薄暗い部屋で長い時間をかけて脳波の検査を受けた。まだ十歳にもなっていなかった頃と思う。

幸い、脳波に異常はなく、一応、事なきを得たが、このときの「計測」はあくまで健康面を考慮したもので、知能指数に影響があったかどうかまではわからない。

ただ、経験的に云って、自分のIQが高いと実感したことは一度もなく、とりわけ、学業に関することは、およそ苦労した記憶しかない。ということは、あの落下の衝撃によって、それきり帳消しになったものと思われる。

ABC
DEFG

その証拠に、試験と名のつくものは、ことごとく残念な結果に見舞われてきた。体の重さや大きさを測っているうちはまだよかったのだが、いつのまにか、われわれは頭脳に関わる能力を試験によって計測され、百点満点のうち何点であったかという数値によって、その後の人生が左右されるような脅し文句を吹き込まれた。

はたして、あのようなペーパー・テストで人間の能力が計測できるものか大いに疑わしい。しかし、この星の人間たちは、他のよりよい方法を未だ見つけ出せない。そのこと自体、そもそも、人間の能力が百点満点にほど遠いことを示しているように思われるのだが——。

本当に人生を左右するかどうかはともかく、あらゆる試験の中で最も重要視されるのが入学試験と就職試験だろう。その際に提出する願書や履歴書といったものに顔写真を添付する決まりがあり、そのために証明写真を撮るというのも、大事な計測のひとつかもしれない。

これは、ようするに顔の計測ということになるが、この計測の面白いところは、ある程度、自分でコントロールできるところだ。レントゲン撮影と勝手が似ているけれど、レントゲンはそれなりに有無を云わさぬ結果が判定される。当然ながら、撮影者＝計測者はその筋のプロフェッショナルである。

一方、証明写真の撮影は、プロに頼んで撮ってもらうこともできるが、たいていの場合、駅に設置された証明写真用の小さなブースに一人で入って、機械に撮影してもらうようになっている。撮影が終わると、ほどなくしてプリントされた写真が排出され、もし、その「測定結果」が気に入らなければ、もう一度、撮りなおすことも可能である。

もっとも、最近はパソコンや携帯のカメラで「自撮り」をするのが主流で、撮影したそばから、いくらでも自分で好きなように修正できる。修正が嵩じて本人とは似ても似つかぬ顔に化けてしまい、さてそうなると、この先、証明写真は、何をもってして証明となるのだろう。

世はすでに高齢化社会に突入しつつあり、いずれ医療の現場では、さまざまな「計測」の方法が進化するに違いない。あるいは、駅に設置されたブースに一人で入って、レントゲンを自撮りする日が来るかもしれない。

血圧、脈拍、体脂肪率、尿酸値、血糖値、骨密度、筋肉量――。

人生は、先へ行けば行くほど、計測すべきものが増えていく。

傷だらけの古机

学生時代、アルバイトをして稼いだお金は、すべて古本を買うことに費やされていた。

十代の終わりごろの話だ。

そのころの自分は、ただただ生意気で、つまらないこだわりを持った、絵に描いたような青二才だった。

古本についても妙なこだわりがあり、どれだけ古い本であっても、できる限りきれいな本を買うことに徹していた。ちょっとした傷や汚れを嫌い、古本とは思えないような美本を見つけては悦に入っていた。

といって、潔癖症というわけではなく、子供のころは、雨上がりの空き地で泥だらけになって遊んでいた。

ついでに云えば、初版本にこだわる趣味もなく、二刷でも三刷でも一向に構わなかった。とにかく、無傷であることがなにより重要だったのだ。

そんな自分に転機が訪れたのは、いつだったろう——。

学生時代を終え、社会人として働き始めて間もなく、職場に置いてあったスチール製の道具入れに左の脛を思いきりぶつけた。骨にひびが入り、完治するまでに数ヶ月を要した。ようやく包帯と湿布から解放されたある日、今度は駅の階段をのぼりそこねて、右脚の脛をしたたかに打った。

意味は違うが、「脛に傷持つ」である。

この言葉の正しい意味は、「過去にやましい隠しごとがある」だが、やましいかどうかはともかく、過去――すなわち泥だらけの少年時代まで負傷の歴史をさかのぼると、その歴史年表は、みるみる黒々と埋められていく。思えば、傷の絶えない日々だった。いまでも、体に刻まれた痕がいくつも残され、これはよく考えてみると、じつに大したものである。

この半世紀のあいだに、人も街も大きく様変わりした。失われたり、消えて行ったりしたもののリストは、「黒々」では済まされない。

にもかかわらず、たとえば、三歳のときに卓袱台の角にぶつけて負った裂傷は、左の眉を指でなぞると、はっきり凹凸がわかるくらい深い傷あとが残されている。

右脚の腿の内側には――六歳で初めて自転車に乗ったときに勢いあまってバラ線に突っ込み、これもまたひどい裂傷を負って、いまなお、鍵形に肉がひきつれている。

世の中がどれほど進化と変化を余儀なくされても、そうした傷は痛みの記憶をともなって、いつまでも消えずにある。さすがに、二十代を越えてからは泥だらけになることはなかったが、両足の脛への強烈な洗礼に始まり、右腕、左肩、額、顎、尾てい骨、くるぶし――と、どこまでも列挙できるほどおびただしい傷を負ってきた。

のみならず、放っておいても、しわや、染みや、綻びや、破れといったものが体のあちらこちらにあらわれてくる――。

いつだったか、とある古道具屋で使いこまれた古机を見つけ、大変気に入ったので購入しようとしたところ、よく見ると、机の表面の至るところに細かい傷が入っていた。そのためか値段は格安で、しかし、傷が目につき出したら、もう少し安くならないものかと値切りたくなった。

「もうひと声」

「いえ、駄目です」

いくら交渉しても古道具屋の店主は頑なで、どうやら値札に記された値段が、商売になるかならないかのぎりぎりのようだった。

「そこをなんとか」

「いえ、これ以上は無理です」

ひとしきり攻防がつづいたあと、不意に店主が、ぽつりとこんなことをつぶやいた。

「傷っていうのは、そこに人が生きていた証しですから」

このセリフが、いつのまにか人生の後半を歩んでいた自分に甚《いた》く響いた。

結局、そのセリフに負けて傷だらけの古机を購入し、何を隠そう、この原稿もその机の上で書いている。

相変わらず、古本屋通いはつづいているが、かつてのように新品同様の美本を探し求めることはなくなった。むしろ、しわや、染みや、綻びや、破れに見舞われた傷だらけの本に感じ入る。

とかく、人の世は、無垢や純粋といったものに価値を見出しがちだが、人をかたちづくっているのは、間違いなく傷の歴史である。

眼鏡をつくった日

眼鏡をかけるのが嫌だった。

社会人として働き始めて、しばらく経ったころの話だ。あきらかに視力が低下しているのは自覚していたし、映画を観に行っても、スクリーンに映し出される映像が、いちいち、ぼやけて見えた。

しかし、断じて眼鏡をかけたくなかった。

我ながら、どういう了見だったのかと思う。見栄えを気にしていたのかと云うと、そうではない。眼鏡ではなくコンタクトレンズという選択肢もあったはずだが、そちらも断固として嫌だった。見栄えではないのである。そもそも、自慢できるような顔ではないし、どちらかと云うと、眼鏡をかけた方がメリハリがあっていいのではないかとすら思う。

では、単純に眼鏡をかけることが煩わしかったのか、と思い返すと、どうやら、それが正解であった気がする。

煩わしいというか、何かにとらわれるのが嫌だった。なるべく、素のままの自分を保持したいという、じつに青臭い心情の表れである。

同じような理由で、酒を飲んだり煙草を吸ったりすることにも反発があった。つまりは、依存してしまう可能性があるものを、ことごとく避けていた。いま思うと、自分でも笑ってしまうが、眼鏡をかけることは眼鏡に依存してしまうことになる、と恐れていたのである。

これはしかし、云い方を換えると、なるべく身軽でいたかったということで、可能な限り、手ぶらや丸腰で過ごしたかった。だから、たとえば、車を運転することにも興味がなく、これは依存の問題だけではなく、どうもスピードが出る乗り物が苦手であるという別の思いも手伝っていた。

じつは、子供のころは「足が速い」と大人たちにおだてられ、短距離走の選手を目指したときもあった。が、競い合うことで速さを更新していくことが自分には合わなかったし、なにより、スピードが苦手な者が速さを競えるわけがない。

それで、本ばかり読むようになった。本は自分のスピードで読める――とこう書けばなんとなく恰好がつくが、実際のところ、ほとんど本の中毒になってしまったのだから、酒や煙草と、さして変わりはない。

挙句、本を読みすぎて目が悪くなった。

眼鏡をかけなければ、生活や仕事に支障をきたすレベルであったのに、かたくなに「嫌です」と拒みつづけていた。

とはいえ、当然ながら、どう考えても眼鏡をかける必要があると自分でもよくわかっていた。嫌です、などと云っている場合ではなく、なにしろ、視界のすべてがぼんやりとしているのだから、それはそれで不快だった。

きっかけを探していた。よし、眼鏡をつくろう、と素直に思える機会が訪れないものかと待っていた。

その一方で、ぼんやりとした視界にも慣れてきて、この世はこういうものであると受け入れてしまえば何の問題もないように思えた。あのころの自分は世の中をしっかり見ていなかったことになる。「嫌です」の根っこには青臭い反発があったのだから、見ようともしていなかったのだろう。

そんなところへ、突然、「昭和」の終わる日がきた。テレビをつけると、

新宿の繁華街が映し出され、いつもは賑やかなことこのうえない街が隅々まで喪に服していた。ネオンが消え、音楽は一切なく、街を行き交う人もほとんど見られない。

眼鏡をつくろう、と思った。

その日は仕事も休みで、喪に服しているとはいえ、電車は動いているし、店もシャッターをおろしているわけではない。

テレビで観た新宿に出かけて行き、視界はぼんやりとしていたが、色や音が消された別世界と化した街を歩いて、ひっそり営業していた眼鏡屋を見つけた。

すでに、「平成」という新しい年号が発表されていたが、正式に平成が始まったのは翌日からで、その日は昭和でも平成でもない、どこにも属していない特別な時間であると勝手にそう思った。

その静かな空白の時間に眼鏡をつくった。

だから、初めて眼鏡をつくった日のことはよく覚えている。

ちなみに、初めて眼鏡をかけた日はその数日後だったが、いつもの街に戻りつつあった路上には無数のごみが捨てられていて、そのごみのひとつひとつがくっきり見えて、なぜか「美しい」と思った。

笑うカラス

あらためて云うまでもなく、カラスというのは、なくものである。「なぜ、なくの」と歌の文句にもなっていて、あの歌の「なく」は、「泣く」なのか、それとも「啼く」なのか、あるいは「鳴く」なのか、いずれにしても、カラスは「なく」ものであって、笑うものではない。

ところが、笑うカラスがいたのである。

もう、ひと昔前になる。どこにいたのかというと、うちの裏庭——正確に云うと、裏のお宅の庭の木の上——である。一応、塀一枚の仕切りはあるものの、なかなか立派な木が塀の上からこちらに越境していた。木の根はあちらの敷地にあるとしても、枝葉《えだは》や花実《はなみ》はあらかたこちらにはみ出している。その果実を狙って、何羽ものカラスが毎日やってきた。

カラスというのは体内時計がきわめて正確なのだろう。夕方の同じ時刻に、「カァ、カァ」とおなじみの声をあげてあらわれる。徒党を組んであらわれることもしばしばで、ひとしきり騒いで果実をついばみ、せわしなく腹を満たすと、いまいちど「カァ、カァ」と挨拶をして飛び立っていく。

ここまでは、よくあることだが、そのあとしばらくして、ふたたび、鳥の気配が戻ってくる。おや？ と様子をうかがっていると、どうやら先のカラスとは別の輩で、その証拠に、この第二陣は、「カァ、カァ」ではなく、「アハハハ、アハハハ」と明らかに笑っていた。

最初、声だけを聞いていたときは、カラスではなく別の鳥なのかと思っていた。それにしても、「アハハハ」とはめずらしい。声のトーンからして、じつに愉快そうで、文字に起こしたときに「アハハハ」となるのではなく、実際、いかにも楽しげに笑っているのだ。

どんな鳥か、と窓から覗いてみると、笑っていたのはカラス以外の何ものでもなく、錯覚かもしれないが、「カァ、カァ」とふてぶてしく騒ぎまくる連中とは顔つきが違って見えた。どことなく、つぶらな瞳で賢そうだ。

彼――たぶん、彼であろう――は、毎日、「カァ、カァ」の連中のあとに「アハハハ」とあらわれ、決して徒党を組むことなく、常に一羽でやって来た。しかも、果実をつつくのは余興に過ぎず、どうやら、「アハハハ」を披露するのが目的らしい。

毎日、耳にするうち、彼は自分の笑い声の上達のほどを聞かせているのだと気づいた。日に日に、「アハハハ」の質が上がり、カラスがではなく、人

C
C

間が笑うときの「アハハハ」により近づいていった。

二年間、彼はほとんど毎日のようにやって来て、他のカラスには、到底、真似のできない笑い声に磨きをかけた。彼が笑うと、こちらもつられてつい笑ってしまい、さすがに、「アハハハ」と声をあげるほどではなかったが、にやにやしながら、「えらいねぇ」「感心、感心」と窓ごしに声をかけるまでになった。彼は笑ってはいたが、彼のように笑えるカラスは他になく、一緒に笑い合える仲間がいるわけではなかった。

そうして二年ほどが過ぎた頃、ある日突然、思いがけないことが起きた。

弟子があらわれたのである。

いや、弟子というのは、こちらの勝手な妄想なのだが、いつもの彼の笑い声のあとに、決して上手くはないけれど、師匠の笑い声を懸命に真似て、「アハハハ」と復唱する若造が出現した。

声のボリュームからして、まだ若いカラスに違いなく、師匠の至芸にはほど遠いとしても、必死に習得しようとしている様子がけなげで微笑ましかった。たった一羽きりだった笑うカラスに、後継者なのか、もしくは息子なのか、はたまた若い友人なのかわからないが、同好の士があらわれたことが、こちらまで嬉しかった。

しかし、時は流れるものである。そのうち、二羽ともあらわれなくなり、どういうものか、師弟の二羽だけではなく、カラスそのものが以前ほど見られなくなった。入れかわりに、それまで見たことのないさまざまな鳥が姿を見せ、南の島に行ったことがあるわけではないが、どうやら、南の島の密林から、はるばる飛んできた連中だった。体中があざやかな色をした尾の長い鳥で、「グエイ、グエイ」と奇怪な声をあげて空を横切っていく。

カラスはどこへ行ってしまったのだろう。

彼らはいつでもないていた。ときに悲しげな目をしてなき、ときに高みからあたりを睥睨しては、ないていた。何を訴えていたのだろう。カラスの思いを理解できない人間の愚かさを嘆いていたのか。

夕方は静かになった。

ふと、耳を澄ましている自分に気づく。

甘いコーヒー

父は人並み以上の酒好きであったが、大変な甘党でもあって、砂糖を何杯も入れるのを好んでいた。

インスタント・コーヒーの話である。

小さじで四杯か五杯は入れていた。そのうえ、粉末クリームもたっぷり入れて、嬉しそうにかき混ぜていた。

その影響か、思春期を迎えるまでは、コーヒーといえばインスタント・コーヒーで、当然のように砂糖も粉末クリームもそれなりに入れて飲んでいた。

自分で湯をわかして自分でつくり、さぁ、これから本を読もう、というようなときの、ちょっとした儀式にもなっていた。

ちなみに、「コーヒー」と名の付くもので子供たちが飲んでいたのはコーヒー牛乳だったが、それもまたそうであるように、自分にとって「コーヒー」というものは、まずもって甘いものだった。

では、はじめて喫茶店でコーヒーを飲んだのはいつだったろう。

高校に通っていたころ、学校の帰りに、バンドを組んでいた仲間と立ち寄る喫茶店があった。そこで飲んだブレンドが最初だったかもしれない。あれは率直に云って、まずかった。やはり砂糖とミルクを入れて飲んでいたが、おいしいと思ったことは一度もない。もう一軒、駅前のクラシックな喫茶店でもブレンドを飲んだが、これもまた同じようにおいしくなかった。

そこから先は、挙げていったらきりがない。

以前、自分の小説に次のように書いた――。

競馬狂のオヤジがやっていた薄暗い喫茶店のミルク珈琲＝百八十円。西島平のドライブ・インで飲まされた、汗の味がする名ばかりのブラジル＝四百円。新宿三丁目〈バルボ〉のどろっとした得体の知れないドス黒ブラック＝二百五十円。極寒の〈石山動物園〉の食堂で、「あたたかいコーヒーをどうぞ」の看板に期待した自分を瞬殺した冷えきったカフェ・オレ＝三百二十円。池袋北口ソープ街のはずれ、エロ本屋の隣にあった客が一人も来ないサ店で飲んだ味のまったくしないエスプレッソ＝三百四十円。きわめつきは、渋谷の果ての松見坂と山手通りの交差点近くにあった〈ヤマナカ〉の泥水みたいなブレンド＝二百二十円。

これはあくまでフィクションであるが、すべての店にモデルがある。そして、この小説は、

「まずいコーヒーの話でよければ、いくらでも話していられる。」

という一行で始まっている。この一行はフィクションではない。

もちろん、あの時代においても、おいしいコーヒーが飲める店は多々あったはずで、ようするに自分はただただコーヒー運がなかったのだと思う。

というより、自分は本当にコーヒーが飲みたくて飲んでいるのだろうかと訝しむことが度々あった。もっと云うと、そもそもコーヒーというのはおいしいものなのか、という根本的な疑問さえ浮かんできた。

ところがである。いつからか、巷では「おいしい」と謳われるコーヒーがひしめきあい、試しに飲んでみると、たしかに悪くない。コンビニなどで提供されている安価なものも格段に改善され、専門店で豆を購入して自分で挽

coffffff
eeeeeeee

いて飲んでみたら、かつて飲んでいたあれは何だったのかと、しばらく沈黙してしまった。

そして——ここが重要なのだが——いま、自分が飲んでおいしいと感じるコーヒーは、いずれも砂糖もミルクも入れずに飲むタイプのものである。すっきりとした味わいで胃がもたれるようなことは一切なく、あたかも、おいしい水を飲む心地である。決して、甘い飲みものではない。

ようやく、父親の影響による「甘いコーヒー」から解放されたのだ。

「あなたが生きてきた半世紀で、いちばん大きな変化を感じたのは何ですか？」と問われたら、「コーヒーのおいしさ」と真っ先に答えるだろう。いまや、まずいコーヒーを見つけ出すことの方が難しい。

先日、東京に大雪が降った日のこと、用事を済ませて帰宅しようとしたら、いつも乗っているバスが「点検のために三十分ほど発車が遅れます」とアナウンスがあった。そこはバスの発着駅になっていて、屋根があってベンチも用意されているので、何か温かいものでも飲んで大人しく待とう、と自動販売機でコーヒーを買った。缶コーヒーではなく紙コップに注入されるタイプのものだ。これがじつに昔ながらのまずいコーヒーで、ひと口飲むなり、「なつかしいなぁ」と思わず口をついて出た。

幸福な時限爆弾

いつからか、「自分にご褒美」という言葉を目にするようになった。耳にすることもある。はっきりしたことはわからないが、この言葉以前に、「自分を褒めたい」というセリフが世に流布し、その発展形として、「自分にご褒美」が波及したものと思われる。ぼく自身は使ったことがないし、おそらく、今後、使うこともないだろう。もちろん、ご褒美がもらえるのであれば喜んで受けとるが、送り主が自分であるというのは、シュールなコントの一幕を思わせる。

もっとも、十代の終わりごろだったか、寺山修司の本に、旅先から自分自身に葉書を送るのを習慣にしている、と書いてあって、さっそく、真似をしたことがある。

自分の分身をつくり出して、「自分A」と「自分B」の二人に分けてしまうという方法は、物事を考えるときやつくり出すときに有効であるように思う。二人いれば、ふたつの考えを並走できるし、ときには、考えを戦わせることで、より良いアイデアや結論を導き出せる。もちろん、戦うだけではなく、討論の果てに合意に至れば、二人で力を合わせながら前へ進んで行くイメージも得られる。

そもそも、「自分」というものが一人であるという考え方自体、「なぜ？誰が決めたの？」と、もうひとりの自分が突っ込むべきである。人は誰しも、二人の人間を掛け合わせてつくられているのだから、ひとつの考えや指向に統一する方が不自然なのだ。右か左か、どうしても決められないのであれば――どちらにも惹かれるのであれば――迷うことなく、右も左も試みればいい。右の道だけを進んだら、左へは行けなくなる。それでは勿体ない。せっかく、右にも左にも行きたいと思ったのだから、その豊かさを享受するべきだ。

と、こんなふうに考えてくると、「自分にご褒美」という考え方は、あながち縁遠いものではなく、むしろ、自分が常日頃、実践していることに近いのかもしれないと思えてくる。

ところで――、

「どうして小説を書くのか」

そう自問することがある。自問だけではなく、「なぜ書くのか」「何のために書くのか」と、取材やインタビューの場で問い詰められることもままある。

さて、何のためなのか？

すごくいい質問ではあるけれど、いい質問にいい答えを見つけるのは難しい。それで、「さぁ、わかりません」と答えていたのだが、あるとき、

「自分を楽しませるためです」

と口が勝手にそう答えた。もう少し補足すると、

「いつでも自分が読んでみたい小説を書きたいのです」

とも答えた。どこか、旅先から自分に葉書を書くことに通じている。

これはしかし、小説など書いていなくても同じことで、「どうして日記を書くのか」という問いもそうであろうし、もっと身近なもので云えば、

「なぜ、写真を撮るのか」

という問いにも、「自分を楽しませるため」と答えるだろう。

より正確に云うと、この「自分」は未来の「自分」で、自分が二人いると

いうのは、決してファンタジーではないのである。こうして「いまの自分」と「未来の自分」というふうに分けて考えれば、誰もが、ごく自然と二人の自分を演じているはず。

できれば、あらゆることについて、未来の自分を楽しませたい。他に何があるだろう、とさえ思う。実際、いつもそうしてきた。

奇妙なのは創作に関わることで、もともと自分を楽しませるものであったのに、いつのまにか、不特定多数の見知らぬ人たちにも楽しんでほしいと思うようになっていた。なるべく、たくさんの人たちに楽しんでもらうことが、いつからか、自分の楽しみのひとつになっている。

とはいえ、いくら多くの人が楽しんでくれたとしても、自分が楽しめないものはつくりたくない——。

とある月曜日の夕方、行きつけの果物屋で、少々、値の張るメロンを買った。冷蔵庫に入れて冷やし、食べごろになるのは木曜日くらいか。

少々、値が張るので、買うべきかどうか迷ったが、月曜日の自分は木曜日の自分を楽しませるために、(よし)と決めたのだ。

ぼくはこれを「幸福な時限爆弾」と呼んでいる。人生の楽しみは、この「幸福な時限爆弾」を、いくつ仕掛けられるかにかかっている。

時刻表

テレビをつけたら、松本清張の「点と線」をドラマにしたものを放映していた。原作を読んだのはずいぶん昔のことだが、映像化されたものを観ていると、舞台が九州から北海道まで多彩に移り変わっていくのがよくわかった。それらの「点」を結ぶのは鉄道であり、なるほど、そういえば鉄道は鉄の「道」と云っておきながら、なぜか、「――線」と呼ばれている。

線で結ばれたそれらの「点」の起点として東京駅があり、事件がひもとかれていく糸口は東京駅のホームにおける目撃情報にあった。その数分間の出来事を暴くために、時刻表が大きな役割を果たす――。

ドラマを観終え、「点と線」という表題が意味するところは、鉄道のそれに限ったものではなく、人間の営みを俯瞰したシンプルかつ奥深い言葉であったのだと、あらためて大いに頷いた。

そのうえで、時刻表の存在が気になった。

最近はインターネット上にある時刻表を利用するようになり、たとえば、旅の計画を練るときに、時刻表を買ってくるという習慣がすっかり遠のいてしまった。

思えば、あの時刻表という冊子はじつに妙なものだ。

時刻という目に見えないもの――その存在すら曖昧なものが無数に記されている。そして、それらの時刻と向き合うためには、現在の正確な時刻を示す時計が必要になってくる。

もし、そこに時計というものがなかったら、時刻表に列挙された数字はすべて意味をなさない。そうした注意書きは時刻表のどこにも記されていないのだが、本来であれば、「この時刻表をご利用いただくためには、正確な時間を刻む時計が必須となります」と警告すべきだ。

こうしたことを考えていくと、「時間とは何だろう」と、より根源的な問題に行き着いてしまうのだが、その手前で踏みとどまり、そうした注意書きが必要とされていない理由を考えてみた。

いや、答えは明白である。

鉄道を利用する人のあらかたは、「正確な時計を所持しているに違いない」という前提のもとに時刻表はつくられている。いつからか、人は皆、「正確な時刻を把握している」というのが前提になっているのだ。

X

そんなことを考えながら、「点と線」の起点である東京駅に出向くと、まずは、駅構内を行き交う人の数にただただ圧倒される。

東京駅が混雑しているのは周知のことで、いまさら人の多さに驚くのはどうかと思うが、予想を上回る数の人々が、右から左へ、左から右へ無言で歩いていく。走っている人もいるし、疲れて座り込んでいる人もいる。座りたい人たちのためには、結構な数の椅子やベンチが用意されている。

そうした椅子やベンチには、疲れた人たちだけではなく、自分が乗る予定になっている列車を待っている人も数多くいる。彼らは切符を手にし、ときおり、切符に記された発車時刻と現在の時刻を照らし合わせて確認している。駅に備え付けられた時計が近くにあれば、そこに表示された時刻を確認することで、まずトラブルは起きない。しかし、たとえば、自分の腕時計と照らし合わせている場合は、腕時計が故障をしていて、正しい時刻を刻んでいないということも考えられる。

が、自分の時計が壊れて電車に乗り遅れた、という話はあまり聞かない。

となると、あの東京駅にうごめく大変な数の人たちのほぼ全員が現在の正確な時刻を把握し、時刻表に記された時刻に遅れないよう、的確な行動をとっていることになる。正確な時計を所持し、一分一秒を確認しながら駅の構内を行き交っているのだ。

あたりまえのようだが、なんだか恐ろしい。

「点と線」という言葉が、鉄道の駅と路線を思わせながらも、人と人との関わり、交わり、あるいは、すれ違いといったものを指しているのだとしたら、当然、そうした人の営みにも、時刻表はあるのだろう。たとえ鉄道に乗ることがなくても、われわれは日常的に見えない時刻表を携え、意識することなく、いくつかの時刻を指標にして、毎日を送っている。

点と点をつなぐのは人であり、日々、線をつなぐために時間に動かされているのだと思うと、人間はじつにけなげな生きものであるなぁ、といじらしくなってくる。

身の程

Mかしか、で迷うのである。

以前は迷うことなくMを選び、Lはもとより選択肢になかった。

「太ったんでしょう」と妻が云う。

（さて、そうかな）と、こちらとしては反発したくなる。

いや、少しは太ったのではないかと自覚はある。しかし、Tシャツのサイズを変えるほどの増量ではないという自覚もある。

「たぶん――」

おそるおそる云ってみた。

「Tシャツのサイズが前より小さくなっているんだと思う」

そうではないだろうか?

可能であれば、国民全員にアンケートをとってみたい。以前に比べて、Tシャツのサイズが小さくなったと思いませんか、と。

「そのとおり」「同感です」「間違いなく小さくなっています」

多くの人がそう答えるのではないか。少なくとも、一九八〇年代——いわゆるバブルの時代のMサイズと現在のMサイズは、ひとまわりは違うと思う。あの時代は誰も彼もが、だぶついた服を着ていた。ずいぶんと大きな上着を道化師のように羽織り、ものすごく太いズボンをひらひらさせながら歩いていた。服が窮屈であったという覚えがない。

「若いときは痩せていましたからね」

と妻が云った。

（まぁ、そうなんだけど）と、こちらとしても理解はしている。

が、なんとなく釈然としないのだ。

どうしてこういうことになったのかと考えてみると、たとえば、「Mサイズ」と呼んでいるものが、正確にどのような寸法によって構成されているのか、もうひとつ詳《つまび》らかではない。にもかかわらず、タグに「M」とあれば、何の疑いもなく、それがMサイズであると素直に受け入れる。そこには、最初から基準となる寸法などないのに。

仮にあったとしても、男女のMサイズが別の大きさであるように、外国でつくられたTシャツは日本人には少々大きく感じられる。つまり、じつにいい加減な基準によって、「Mサイズ」を身にまとってきたのだ――。

子供のころ、ヤドカリを飼っていたことがある。夏休みに海へ泳ぎに行った折に浜辺でつかまえたのだ。

てのひらの中にすっぽり収まってしまうほどの可愛らしいヤドカリで、金魚鉢の中に浜辺から持ちかえった砂を敷き詰め、ついでに拾ってきた貝殻もいくつか並べておいた。

「貝殻に耳を当てると波の音がするぞ」

父にそう教わり、「本当だ」と面白がって、かたちのいい巻貝の貝殻をいくつも拾ってあった。

ある日、突然、ヤドカリがその貝殻をひとつひとつ点検し始めた。もしかして、貝殻の中に友達がいるのではないかとヤドカリは考えたのかもしれない。念入りに確認している。

「いないよ、友達はいない」

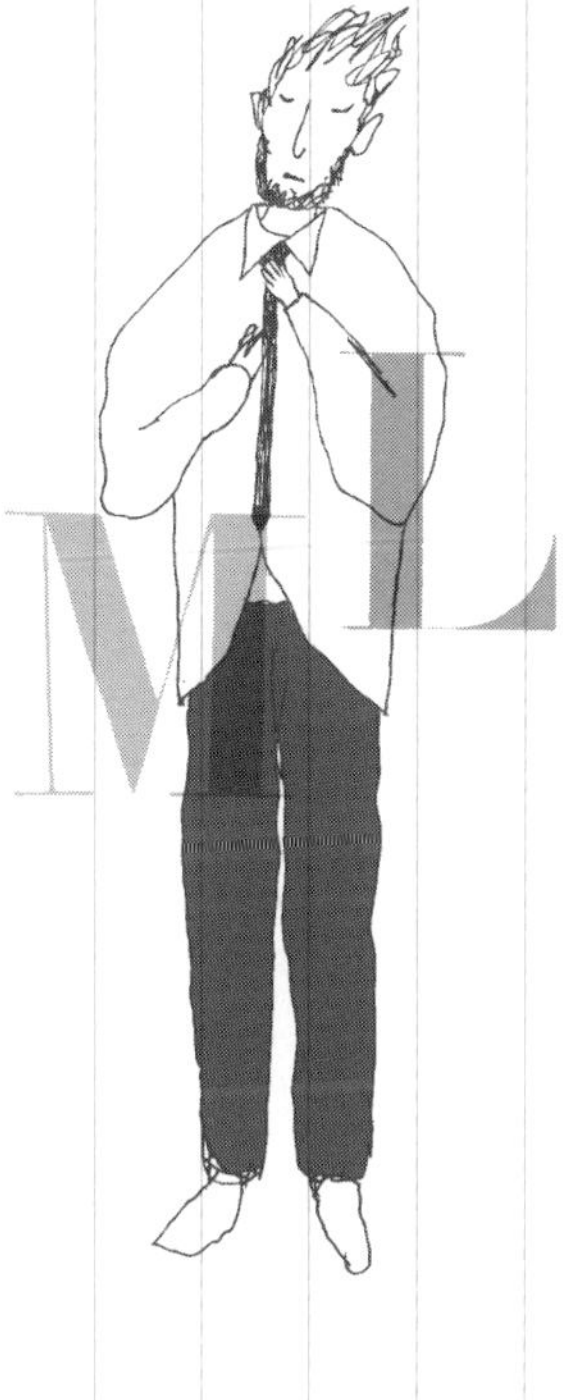
ML

そう声をかけてみたが、ヤドカリは真剣な様子で貝殻の中を検《あらた》め、右から左から眺めては、ハサミの付いた脚でつついている。

そのうち、いくつかある貝殻の中からひとつに狙いを定め、より慎重に中を覗くと、ちょうど人間が右手と左手を使う要領で、ハサミのある脚を器用に動かしながら貝殻の大きさを調べ始めた。貝殻を転がしては、さまざまな箇所の寸法をハサミで測り、ちょっと考え込むような様子を交えながら、左右のハサミを精一杯ひろげて何度も測りなおした。

と、次の瞬間。目にもとまらぬ速さで、それまで背負っていた貝殻から自分の体を抜きとった。

一瞬だった。

「あっ」と声をあげたときには、念入りに寸法を測った新しい貝殻の中にお尻からするりと入り込んでいた。

つかまえてきたとき、ヤドカリはまだ子供だった。それが金魚鉢の中で青年となり、背負っていた「宿」が窮屈になってきたものと思われる。どの貝殻に自分の体がぴたりと収まるか、ヤドカリは知っていたのだ。それに比べて、人間はまったくもって身の程を知らない。はたして、Mであろうか L であろうかと、いつまでも、ぐずぐずと決められずにいる。

引き出しの奥

なつかしさ、というのは、さて、どのくらいの時間が経ったときに芽生えてくるのだろう。

バスに乗って、ぼんやりと窓の外の景色を眺めていたら、うしろの席に座った二人連れの女子高校生が、お互いのスマートフォンの画面を見せ合っているのが、窓に映り込んで見えた。

「なつかしいね」「うん、なつかしい」

と、しきりに云い合っている。二人の話を聞くともなく聞いていると、どうやら、つい半年ほど前に行った旅行の写真を見せ合っているようだ。

これは、この女子高校生に限ったことではなく、二十歳にも満たない十代の若者たちが、ついこのあいだのことを、「なつかしい」と口走っているのを何度か見聞きしてきた。見聞きするたび違和感を覚えていたが、よく考えてみると、彼らは生きてきた時間が十五年くらいしかない。たしかに、十五年の内の半年はそれなりの長さに感じられるのかもしれない。

あるいは、「なつかしい」という感情は時間の長さによって芽生えるのではなく、その対象となる事象から明らかに離れつつあると実感したときに生じるのかもしれない。時間的に離れているのでもなければ、空間的に離れているのでもなく、対象への自分の思いが希薄になっていると気づいたときに、その距離を感じるのだろう。

が、その一方で、空間的な意味での距離――遠かったり近かったりすることが、人を大いに惑わすときがある。

最寄りの商店街に、以前、よく食べに行っていたラーメン屋があり、しかし、ふと気づくと、最近はすっかり行かなくなっていた。通い過ぎて食べ飽きてしまったということもあるし、店が商店街のいちばんはずれにあるので、つい足が遠のいてしまったというのも理由のひとつだった。

さらに云うと、近所の飲食店というのは、ひとしきり通って味を覚えたら、他の店の味を試したくなるもので、近所の店は、「いつでも食べられるのだから」という安心感にも似た思いに落ち着いていく。

が、そのうち他所《よそ》の店の味にも飽きてくると、（そうだ、ひさしぶりに）と近所の店が思い出され、（そうだ、そうだ）と自分の中ではすでに定番となっている、あの味を食べたくなってくる。

RSTU
LMNO

ところがである。近所の店にいそいそと出向いてみたところ、あとかたもなくなっていた。すっかり別の店に変わっていて、しかも、そうなってから、かなり年月が経っているように見えた。呆然としながら省みると、どうやら自分は、この二年あまり、商店街のはずれに足を踏み入れていなかった。おそらく、行かなくなってすぐに、いまの店になったものと思われる。

そのこと自体は、昨今の世の中において、さしてめずらしいことではない。それでも、しばらく立ち尽くしてしまったのは、その店がなくなっているとは、まったく予想していなかったからである。

きわめて近所であるがために、「いつでも食べられる」という安心感が生まれ、近所ゆえに、いつでもすぐそこにその店が存在しているものと勝手にそう思っていた。

本当はとっくになくなっていたのだが。

長いあいだ放っておいた机の引き出しを整理していたら、奥の方から名刺を束ねたものが出てきた。自分の名刺ではない。どれもいただいたもので、おそらく十年ほど前のものだろう。百枚はあるだろうか。そのうちの半分ほどは、いまも付き合いのある方々の名刺で、残りの半分は、「ずいぶん会ってないなぁ」と思わず声が出てしまうような方々だった。

次々と顔や声が思い出される。

「なつかしい」

自然と口をついて出た。

ということは、自分はこのおよそ五十人の方々から明らかに離れつつあるのだろうか。思いが希薄になっているのか。いや、たしかにそうかもしれない、と考えるうち、消えてしまったラーメン屋の前で呆然と立ち尽くしたときの感慨がよみがえった。

はたして、皆、健在なのだろうか。最近は年賀状を書く人も少なくなってきた。あれは、年に一度の、さりげない生存確認として機能していたのだと、いまさらながらに思う。

天国の探偵

ときどき、天国について考える。

自分が天国と地獄のどちらへ行くかという話ではなく、亡くなった者がたどり着くところはひとつしかないと思われ、自分としては、そこを便宜上、「天国」と呼んでいる。

まずもって、誰も行ったことがないのに、天国とは大体こういうところではないか、となんとなく知っているのが面白い。天国の様子を想像し、天国における物語やエピソードを考える。行きかけたけれど帰ってきたという体験談も数多く記録され、興味深いことに、国も時代もまったく違うのに、あの世へ行って帰ってきた人の土産話はどことなく似かよっている。

そこへ行くには川を渡る必要があり、川の向こうには、きれいな花が咲いていて、先にそちらへ行った知り合いや親類が迎えに来ている。

「まだ来なくていい」

と追い返されたりすることもある。

ぼくはしかし、もっとリアルな——こちらの世界と、そっくり同じ大きな都市のようなものとして天国を思い描いている。どのようなルールや法則があるのか、その詳細を考えるのが楽しい。

中でも、いちばん知りたいのは、天国に死はあるのかという問題だ。

ぼくの夢想においては、天国に死は存在していない。したがって、競争や不安や計画といったものも存在しない。時間もおそらく存在せず、物事が前へ進んでいくという概念はそのままだが、こちらの世界のあらゆる過去の時間が折り重なって共存している。

そうした過去の時間や物事は自分の経験によってかたちづくられ、逆に云うと、経験のない物事は自分の視野に入って来ない。

たとえば、こちらの世界で一度も触れたことのないものがあるとして、仮にそれが天国に存在していたとしても、自分の視界には存在しない。もちろん、触れることも叶わない。

つまり、天国というのは自分の経験と記憶と知識によってつくられているわけで、だからもし、天国において豊かな生活を送りたいのなら、こちらの世界で、ありとあらゆるものに触れ、知識を深め、歴史や風習を広く学んでおく必要がある。こちらでぼんやりと生きていれば、天国での生活もまた、ぼんやりとしたものになる。

でも、ある程度の――ごく普通の――人生を送っていれば、そこそこ天国での生活を楽しめると思う。

なにしろ、もう会えないと思っていた人に会えるし、なくしてしまったものがことごとく見つかる。破壊された建物や閉店してしまった店々が元どおりになって、生き生きとそこにある。

ただ、もういちど云っておくけれど、それらはかつて自分の中に存在していたものである。記憶されているものだ。会えなくなってしまった人にまた会えたらどんなにいいだろうと思うが、それらはいま、いずれも自分の中に存在しているのである。

つまり、ぼくの想う天国は、自分の中に記憶されたものが自分の外側に顕現した世界ということになる。

死の世界ではない。再会に次ぐ再会の世界だ。

いやしかし、さっきも書いたとおり、そこは広大な都市なので、再会が約束されているとはいえ、会いたい人がどこにいるかわからない。

それで、天国に到着すると、まずは探偵を雇うことになる。なにせ、天国には死がないから、殺人事件が起こらない。それゆえ、古今東西の名探偵が暇を持て余している。彼らが掲げている看板の文句はどれも同じで、

「会いたい人、捜します」

とある。

会いたい人は一人や二人ではないだろう。あの大きな戦争が終わったあとのように、天国では誰もが誰かを捜している。

「もう一度、会いたい」と。

ぼくもやはり何人かを捜し、捜しながら、こちらでの生活と同じように仕事をしてみたい。何をするかは、もう決めてある。天国の探偵を取材し、彼

らの「人捜し」を、ひとつひとつ物語に仕立てていく。うまくいけば、いくつかの物語を一冊の本にまとめられるかもしれない。

『天国の探偵』という小説集だ。

できれば、こちらにいるうちに、いつかそんな本を書いてみたい。

虹の根元を通り過ぎて

原稿を書くときは、なるべく街へ出て、コーヒーの飲めるところを渡り歩いて書く。が、ひととおり書き終えて、最後の整えをするときはパソコンに向かい、キーボードを打って、こつこつとテキスト・データに仕立てていく。そのための、ごく小さな作業机が部屋の隅にあり、デスク・スタンドがひとつ置いてあって、あとは本や郵便物が雑多に積まれている。読んだり書いたりするところは肩幅ほどのスペースしかない。

しかし、どうもその狭さを自分は好んでいる。狭いところに自分ひとりだけが収まる居場所を確保し、日がな一日、腰を落ち着けて、同じ作業を黙々と繰り返していく。そうしたことが嫌いではない。この傾向は、どうやら子供のころに描いた将来の夢に起因している。

電車の運転士になりたかったのだ。

それも、すぐそこを走っている二両編成の小さな電車で、その線路から歩いて一分と満たないところで生まれ育った。夜になると、寝静まった街の中を電車の走っていく音だけが聞こえてくる。布団の中でよく空想していた。暗い夜の中をあかりのついた電車がぽつりと二両、走っていく。小さな車両の中では、自分の知らないさまざまな顔をしたさまざまな年齢の人たちが揺られている。

ああ、自分もまた、そんな人たちを乗せて走る小さな電車の運転士になりたい——そう思っていた。

ところが、中学生くらいになると、運転士になりたいという夢はどこへやら。友達とバンドを組んで、ミュージシャンになりたいと思い始めた。バンド仲間の二人と同じ高校を受験し、その入学試験の朝、試験会場に向かう電車に揺られながら、三人で音楽の話ばかりしていた。夢中になりすぎて、はっと気づくと、降りるべき駅を通過していた。

高校を卒業する頃になると、将来はデザインの仕事をしたいと思うようになり、専門学校に入学したものの、毎日、サボって本ばかり読んでいた。学校には行かないけれど、アルバイトには通い、こつこつ貯めたお金で、ひとり京都へ旅に出た。

その帰りの新幹線でのこと。夕方の四時ごろだった。関ヶ原を通過するあたりで、突然、徐行し始めた。かなりスピードを落としたので、なんとなく窓の外を見るなり息を呑んだ。

色のついた霧のようなものがすぐそこに見える。

それも赤、黄、緑、紫と色とりどりの霧で、ぼんやりとして薄いけれど、広範囲にひろがっているため、窓ごとに色が変わっていた。最初は何が起きているのかわからなかったが――物理的にそうしたことが起きるのかどうかわからないが――どうやら、新幹線がちょうど虹の根元に入り込んでしまったようだった。特に車内アナウンスはなかったのだが、おそらく、あまりの見事さに徐行したのだろう。あんなことは、後にも先にもあれきりだ。

学校を出てデザインの仕事をするようになると、毎晩、帰りが終電になり、バブルで賑わう都会の真ん中から、地下鉄と私鉄を乗り継いで帰途についた。

私鉄の最終電車はごく短い区間しか走らない。その郊外の終点駅から歩いて二十分ほどのところに住んでいた。

ある夜、いつものように終点に到着し、疲れ果てた人や、足もとがおぼつかない酔客と一緒にホームに降り立った。終点なので、乗客は強制的に降ろされ、空になった列車はそのまま駅の先で口をあけている車庫におさまっていく。その車庫に向かう列車の中に男がひとり乗っていた。乗務員ではない。仕事帰りのスーツ姿で、黒い革鞄を胸に抱き、顎を上げて、うっすらと口を開いていた。深い眠りの中にあるようだった。おそらく、駅員が乗客の下車を確認したとき、男は運悪く死角に入ってしまったのだろう。

さて、あのあと、彼はどうなったか——。

そうして、そのあと紆余曲折あったが、いま自分は小説を書く仕事をしている。

ときどき、電車の運転士になりたかったことを思い出して、頭がぼんやりする。狭いところに身を置いて、日がな一日、同じ作業を繰り返し、しかし、何人もの見知らぬ人たちを乗せて、どこかへ送り届ける——。

じつは、小説家の仕事もまったく同じことをしているのだった。

台所の時計

台所の時計がどうもおかしい。

三分ほど遅れている。

十年前に購入したアナログの壁掛け時計で、何をするにも、その時計で時間を確認してきた。たとえば、待ち合わせ場所に出かけていくタイミングをはかるのもその時計で、台所でお茶を飲んで、「さぁ、そろそろ」と次の行動へ移すときの「そろそろ」を決めるのも、その時計との相談だった。

おかしなもので、腕時計を巻いていたり、スマートフォンを手にしていても、「さぁ、そろそろ」と顔を上げて確かめるのは台所の時計である。

これはもう十年にわたる歳月の賜物と云うべきか、あるいは、いたずらと云うべきか、いつからか台所の時計が示す時刻が、あたかもこの世の時の流れを教えてくれる絶対的なものであると信じていた。

その過信から、最初は三分の遅れに気づかなかった。が、たまたまテレビから聞こえてきた正午の時報と時計の針の位置がずれていることに気づいた。

しかし、人間というのは大したもので、ひとたび、「三分遅れている」と了解してしまったら、頭が勝手に遅れを調整して、瞬時に正しい時刻に変換する。本当は、さっさと壁から時計をはずして針の位置を正しい時刻に調整すればいいだけなのだが、自分の怠慢をさておいて、「人間は大したものだ」とごまかしていた。

それから何日かして、仕事の打ち合わせでAさんと会うことになった。Aさんの地元のターミナル駅で、「待ち合わせをしましょう」ということになり、しかし、こちらは初めて行く駅だったので、Aさんが気を利かせて、「西口を出てすぐのところにある〈オリオン〉という喫茶店で会いましょう」

と、わかりやすい店を指定してくれた。

ところが、いざ西口に降り立ってみると、どこにも〈オリオン〉という看板が見当たらない。喫茶店らしきものは何軒かあるものの、どれも〈オリオン〉ではない。

「大きな看板が出ているので、すぐにわかると思います」

Aさんはそう云っていた。

ふいに、台所の時計の「三分の遅れ」が思い出された。

D
DAILY
DAILY

というか、なにしろ台所の時計が遅れているのだから、それに惑わされぬよう、かなり早めに家を出てきた。それで、約束の時間より、十分は早く到着していた。

逆に云えば、約束の時間まであと十分ある。駅前に並ぶ店々を、ひとつひとつ歩きまわって、看板を見落としていないか確認した。

ついでに、反対側の東口の駅前に並ぶ店々も確認してみたが、やはり〈オリオン〉の四文字は見つからない。

（あるいは）と、おかしな考えが頭をよぎった。

台所の時計がこの世の時の流れからずれてしまったことで、自分自身も正しい時空間からずれてしまったのではないか。

つい、こうしたことを考えてしまうのは職業病の一種だろう。首をかしげながら西口へ戻ると、ちょうどよくAさんと鉢合わせになって、待ち合わせはそれで無事に済んだ。

しかし、Aさんも首をかしげている。

「ちょっと来ないうちに、〈オリオン〉は別の店になってしまったようです」

Aさんが云うには、〈オリオン〉のあったところが、にわかづくりの携帯電話屋になっているとのこと。

「二週間前は、たしかに〈オリオン〉だったんですけどねぇ」

そのあとの打ち合わせは、消えてしまった〈オリオン〉のことが気になって、何を話しているのか、もうひとつ頭に入ってこなかった。

帰りの電車に乗ったときも、どこかぼんやりしたままで、そのうち、いつも降りる駅が近づいてきたので身構えていたら、驚いたことに停まらず通過して行く。呆然としていると、次の駅にも、その次の駅にも停まらず、結局、四つ先の駅までノンストップで走りつづけた。

いよいよ、世界がおかしなことになってしまったと背筋が冷たくなったが、あとで調べてみたところ、ダイヤの改正に伴って、「特別快走」であったか、「特別準急」であったか、そんな名前のあたらしい急行が、その日から走ることになったようだった。

その日は家に帰り着くなり急いで壁から時計をはずし、時報に合わせて、神妙に針の位置を正した。

もうひとりの自分

「猫の手も借りたい」という言葉の由来は、一説によると、近松門左衛門が書いた「関八州繋馬《かんはっしゅうつなぎうま》」という浄瑠璃に出てきたのが最初であるらしい。初演が一七二四年なので、ざっと三百年前ということになる。つまり、三百年前の時点で、われわれはすでに猫の手を借りたいくらい忙しかったのである。

しかし、残念ながら三百年経っても、猫の手を借りて忙しさを解消する方法は確立されていない。

その代わり、ロボットが活躍し始め、少しずつではあるけれど、ロボットの手を借りることで人間の忙しさが緩和され始めている。

ロボットとは別にクローンなるものの研究も進化を遂げ、三百年後の未来がどうなっているかわからないが、何らかの形で「もうひとりの自分」を持つことが当たり前になっているかもしれない。

それはもう、「Siri」や「アレクサ」と呼ばれている仮想的ヘルパーではなく、姿かたちも自分とそっくり同じで、「本物」と「つくりもの」がひとつの脳を共有していたりするのかもしれない。

では、仮に「もうひとりの自分」がいたらどうするか——。

思うに、「もうひとりの自分」は人間の欲望が嵩じた結果であるから、ここはひとつ、自分の欲望に忠実に考えればいい。おそらく、その欲望には、もともとリスクが伴っていて、そのリスクを本物の自分——生身の自分が背負うことなく経験できるということだろう。

となれば、答えは簡単で、「もうひとりの自分」に飛行機に乗っていただき、フランスへ——まずは花の都パリへ行っていただきたい。

というのも、生身の自分は極度の高所恐怖症だからである。それゆえ、飛行機に乗ったことはただ一度きりで、それも六歳のときなので、ほとんど記憶にない。というか、脳が勝手に記憶から消してしまったらしく、つまりは、それくらい苦手なのだ。

まぁ、三百年後の予測なので、細かいところはわからないが、本物の自分は日本にいるのだけれど、もうひとりの自分はパリにいて、五感が感じとったものすべてが、こちらの脳にも共有される仕組みと考えていい。

で、そうとなったら、食べてみたいものがある。

ジャック・タチの「ぼくの伯父さん」というフランス映画に出てきた屋台

の菓子パンである。赤いジャムを塗って粉砂糖をふりかけた揚げパンで、そいつを、パリの町はずれの空き地で遊んでいた少年たちが、じつにうまそうに頬張っていた。

いたってシンプルかつB級なものなので、自分で真似をしてつくって食べたことがある。しかし、何かが違っていた。決定的なものが欠けていた。どう見ても、映画の中の二次元のパンの方がうまそうだった。

それで、悟った。

これは、「パリの町はずれの屋台」という、その場の空気ごと食べなければ意味がないのだ。揚げパンの材料となる小麦粉やバターや牛乳もその場の空気をまとっている必要があるし、揚げたてを、やや乱暴に手早く紙に包んで子供たちに渡す屋台の親父の手つきも、その場の空気とひとつになっている。

逆に云うと、その場の空気ごと食べられるのであれば、何も揚げパンである必要もない。だから、とりあえず、「もうひとりの自分」をその場に送り込んでしまえば、こっちのものである。

ところが、そこまで考えたところで、夢想はあっけなく霧散した。

「もうひとりの自分」が自分とまったく同じ五感と記憶を持っているのだとしたら、当然ながら、彼もまた極度の高所恐怖症のはず。理屈としてはそういうことになる。となると、飛行機に乗っているあいだ中、地上にいる生身のこちらも生きた心地がしないのではないか——。

先日、たまたま通りかかった小さな店にフランス語の看板が掲げられていて、なんだろうかと中を覗いてみたところ、ガラス張りの冷凍庫がいくつも並んでいた。フランスから輸入された冷凍食品の専門店で、試しにひとつ、クロワッサンを買って帰り、家で焼いてみたところ、冷凍食品とは思えない新鮮な味わいだった。

なんのことはない。妄想を駆使して三百年後を待つまでもなかった。「もうひとりの自分」に託して飛行機に乗る必要もない。電車でわずか数駅のところに、パリの空気は冷凍保存されていた。

涙の理由

口に鳥と書くと「鳴く」になり、口に犬と書くと「吠える」になる。

しかし、犬もあきらかに鳴いているときがあって、じつに悲しげな声をあげて何ごとか訴えている。それは、おおむね小さな声による訴えだが、ときに、云いようのない衝動にかられたときは、遠吠えとなって、文字通り遠くまで届けとばかりに鳴いている。

鳴かないのは人間である。人間が「鳴く」と書くことはまずない。

いや、よく考えてみると、人間は「悲鳴」をあげることがある。あれこそ人間の鳴き声で、文字に書くときは、「ぎゃあ」と表記されることが多い。これに「お」をつけると、「おぎゃあ」となり、そう考えると、人は誰もが限りなく悲鳴に近いものをあげながら、この世に生まれてきたことになる。

興味深いのは、「ぎゃあ」はどちらかと云うと男性の悲鳴として用いられることが多く、女性の場合は濁音が消えて、「きゃあ」と表記されることが多い。ただし、「ぎゃあ」は恐怖を前にしたときに使われるのが定石だが、「きゃあ」は恐怖に限らず、およそ恐怖とは正反対にある嬉しさや喜びを感じたときにも使われる。

こうしてみると、人間もけっこう鳴いているのだが、どういうわけか、人の場合は「鳴く」とは書かず、「泣く」と書くことになっている。

これはあくまで言葉上のことだけれど、「泣く」のは人だけで、鳥も犬も「泣く」とは書かない。人だけが「泣く」のである。しかも、「鳴く」や「吠える」には声の源である「口」の字が寄り添っているが、「泣」という字を支えているのはさんずい＝「水」だ。

この「水」の存在はおそらく涙に関わりがあり、そういえば、鳥は涙を流しながら声をあげたりしない。およそ、人だけが感情の起伏によって涙なるものを流している。

以前より、「涙」という字を書くたび、その面白さに感心してきた。どうして、このような字になったのか、解釈は諸説あるが、そうした学説は横に置いて、この字を二つに分解してみよう。すると、じつに気持ちよく「水」と「戻」という字に分かれる。涙は液体なのだから、「水」は順当だけれど、もう一方が「戻る」という字であるのが面白い。

もしかして、涙というものは、どこかへ戻ろうとして、あふれ出てくるのだろうか。はたして、何がどこへ戻ろうとしているのか。その理由を考えるだけで物語が書けそうだ。

そもそも、この「戻」という文字に物語が秘められているような気がするが、これをさらに分解してみると、「戸」と「大」という字があらわれる。

おそらく、何かとても「大きなもの」が「戸」によって閉じ込められているのだ。しかし、その「大きなもの」が何らかのきっかけによって解放され、「戸」を開けて出てきたときに、「戻る」という字になるのだろう。

仮に、その「大きなもの」を本性や野性という言葉に置き換えてみると、人間には野性に戻ろうとする本性があり、これを「戸」によって抑え込んでいる様が思い浮かぶ。

歴史を顧みると、抑え込んでいた「戸」が全開になってしまったときに、人は自らを滅ぼしかねない暴挙に出てしまったりする。

が、わずかな開放であれば、本来の姿に立ち返ることで、皆が忘れかけていた純粋なものを取り戻したりする利点もある。

暴挙のおそろしさを考えたら、基本的に閉めておくべき「戸」なのだが、ときおり、純粋なものを確認するために鍵をかけるまでには至っていない。

つまり、この「純粋なもの」こそ、涙の正体なのである。

人は嬉しさのあまり涙を流すことがあり、怒りや恐怖によって涙を流すこともある。しかし、人が涙を流すのは、やはり悲しいときだ。嬉しさや怒りには、しばしば邪念が混じることもあるが、思わず涙がこぼれてしまうような悲しさには悲しさ以外のものが見当たらない。人間の気持ちの中で最も純度が高いのが「悲しさ」ではないだろうか。

そんな物語を考えながら、漢字の由来を説いた本を読んでいたら、「涙」という字はもともと、「水」と「戸」と「犬」によって構成されていたと説いてあった。昔の字は、「戸」の下の「大」が「犬」だったのである。

「戸」によって閉じ込められていたのが「大きなもの」ではなく「犬」であったのは意外だったが、夜ふけに耳にする犬の遠吠えが哀切きわまりないのは、そうした理由なのである。

逆転ホームラン

とにかく数字が苦手だった。おそらく、数字というものを感覚的に受け入れられなかったのだと思う。算数のテストは常に他人に云えないような点数で、簡単な足し算、引き算ですら、解こうとすることに抵抗があった。できれば、数字というものと一生関わりのない人生を送りたいと願っていた。

それで、子供のころは野球ばかりしていた。

じつは、野球というものも、さまざまな場面で数字が関わってくるのだが、さすがに、三振であるとか、アウトを三つ数えたら攻守が交代するということは、いちいち頭で考えなくても体が覚えていた。

ただし、タッチアップであるとか、振り逃げといったものを本当に理解していたかどうかは大いに怪しい。

というか、野球のルールやいくつかのプレイは、子供――小学校の低学年である――にはかなり難しかった。送りバントやスクイズや牽制といったものがゲームの流れにどのような効果をもたらすか、すぐに理解できるはずがない。仮に頭で理解できたとしても、実戦の場で、「ここはスクイズでいこう」と、ただちに対応できるものではない。もちろん、本格的にリトル・リーグやボーイズ・リーグといったものを志していれば話は別だが、放課後に、へらへらと笑いながら遊んでいただけなので、思えば、盗塁すらしたことがないような、ゆるい野球だった。

ただ、どういうわけかボールを速く投げるのが得意で、あるとき、上級生たちがつくった少年野球のチームを見学しに行ったら、「投げてごらん」といきなりピッチャー・マウンドに立たされた。訳も分からず投げてみると、「いいね」と先輩たちに褒められ、その翌週、隣町のチームとの練習試合に急遽、参加することになった。参加といっても、ユニフォームを借りてベンチに座っているだけである。

試合はこちらが二点リードで後半に入ったが、それまで順調に投げていたピッチャーが指を負傷し、突然、「お前が投げろ」とグローブを渡された。そんな言葉はまだ知らなかったが、青天の霹靂《へきれき》である。なにしろ、タッチアップも振り逃げもよく分かっていない小僧なのだ。もちろん、牽制球も投げたことがなく、最初のうちは球の速さでなんとかごまかしていたが、案の定、次々とヒットを打たれて、いつのまにか相手チームが二点リードになっていた。つまり、四点を許したわけだが、なにしろ数字に疎いので、四点とられ

6
7
8

たという自覚もなかった。

気づくと、九回の裏になっていて、四球が二度つづいたあとに打順がまわってきた。しかし、球を速く投げることは得意でも、打つのは自慢できるようなものではない。それどころか、そこまですべて三振ばかりだった。

それなのに、どうしてあんなことが起きたのかいまだによく分からない。相手ピッチャーの投げた球が急にスローモーションのようにゆっくり見え、力まかせに思い切り叩いたら、両手がしびれるような手応えがあった。打球がまっすぐに遠くへ飛んで歓声があがっている。しかし、手がしびれて、それどころではなかった。よろよろと一塁に走りかけたら、「ホームラン」と審判の声が聞こえ、しかも、走者が二人出ていたので、「サヨナラ逆転ホームラン」であった。

が、そのときでさえ、反射的に足し算ができず、「逆転」を理解するのに十五秒ほどかかった。

それから、ずいぶんと時間が経って初めてアルバイトをすることになったとき、相変わらず数字が苦手だったので、「理数系ではなく文系」という短絡的発想から書店で働くことを選んだ。なんとなく、書店なら数字と格闘しなくて済むのでは、とおかしな考えが働いたのである。

ところが、何の予備知識もないのに、いきなりレジを任され、しかも、その書店は大変繁盛していて、次から次へとお客様がレジにやって来た。ほとんどのお客様が一度に三冊くらいお買い上げになる。

あんなに困惑したことはなかった。

まだアナログな時代のレジで、「おいくらですか」と訊かれてもすぐには答えられない。冷や汗をかきながら電卓を叩いて、「○○円です」とお伝えしていたが、ひと夏のアルバイトを終えるころには、一瞥で十冊の合計額を暗算できるようになった。

いつからか、球を速く投げることはできなくなっていたが、思いがけず暗算が得意になっていた。

我が人生における特大の逆転ホームランである。

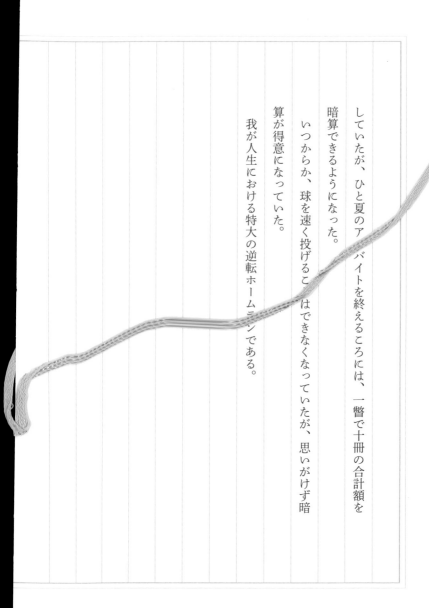

喫茶店にて

一度だけ、「カンヅメ」を経験したことがある。缶詰工場で働いたことがあるという話ではない。もうひとつの意味の「カンヅメ」で、辞書によると、「一定の場所に人を閉じ込めて、外部との交渉を断った状態に置くこと」と説明されている。

簡潔に云うと、とある宿に閉じ込められて、ひたすら原稿を書かされた。

このときの「とある宿」は、人里はなれたところにあり、周辺には見事に何もなくて、ずいぶんと歩いたところに郵便局がひとつあるだけだった。

ようするに、原稿を書く以外、何もすることがないところで、そのうえ、シーズン・オフで宿泊客は自分ひとりしかいなかった。山と森に囲まれているので、窓を閉めたら空調の音しか聞こえない。さぞや、執筆に集中できるのではないかと思われたが、二泊三日をそこで過ごして、まったく一行も書けなかった。

どうも、静かなところでは書けないのである。それで、普段からノートとペンを携え、どこか、外へ出かけて書くようにしているのだが、あちらこちらを渡り歩いて試しているうち、とある駅の構内にある喫茶店で書くのが、いちばん能率が上がるという結論に至った。

以来、原稿はその店で書いている。なにしろ駅の構内にあるので、やたらに人の出入りが多い。店の中だけではなく、店の横を、ひっきりなしに乗降客が通り過ぎ、これから電車に乗る人と、電車から降りてきた人たちが、ちょっとコーヒーでも一杯、という感じで立ち寄っていく。
どう見ても、せわしない状況なのだが、せわしない人たちというのは、考えようによっては、生き生きとしているとも云える。そうした見ず知らずの人たちの活気を、すぐ隣で感じていると、自分の頭も活気づくように思われる。少なくとも、しんとした所に幽閉されているより、脳が常に刺激を受けて、考えが停滞しない。

とはいえ、隣の席に座った二人連れの客が、ときに楽しげに、ときに深刻に話を始めたりすると、刺激が強すぎて、ついつい、話に聞き入ってしまう。したがって、隣に若いカップルがやって来たりすると、（あ、しばらく原稿が書けなくなる）と覚悟しなくてはならない。
こういうことがあった——。

どう見ても、恋人同士と思われる二人が隣のテーブルで向かい合わせに座り、（さぁ、おしゃべりが始まるぞ）と覚悟していたら、男の方がカバンの中から大量のコミックを取り出してテーブルの上に積み上げた。女が黙って、積み上げた中から一冊を抜きとって読み始め、男も同じように一冊を抜きとって読み始めた。ひとことも話すことなく、取り決められた儀式のように、二人はひたすらページをめくりつづけた。

（よかった）と安堵して原稿に集中していたところ、突然、男の方が一冊読み終えたのか、「説明が多すぎる」と感想を述べた。

思わず、ぎくりとなる。

原稿を書いているときに、「説明が多すぎる」と云われることくらい冷や汗をかくものはない。いや、自分が云われたわけではないのだが、こうなると、そのたったひとことの感想が饒舌なおしゃべりより気になる。

しばらくすると、女の方も一冊読み終え、「時間の無駄だった」と厳しい表情でつぶやいた。なんだか、いちいち「ぎくり」となるような寸評ばかりで、そのあとも彼らは、「つまらない」「作者のひとりよがり」といった酷評をつづけたが、さて、何冊目であったろうか、男の方が「これは、すごく面白かった」と初めて手放しで絶賛した。なんだか、我がことのように嬉しく、男が「面白かった」とテーブルの上に置いた一冊を横目で眺めて、書名を記憶した。あとで、そのコミックを購入したのは云うまでもない。

こういうこともあった――。

隣に座っていたのは、見覚えのある某劇団の座長と若い脚本家らしく、書き上がったばかりの脚本を座長がひととおり読んで、感想とアドバイスを述べていた。そのとき、こちらは書いていた小説がまさに山場にさしかかっていて、その先の展開を考えあぐねているところだった。

すると、座長が隣でこう云ったのだ。

「犠牲者のいない物語は茶番になりかねない。でも、いたずらに犠牲者をつくるのは、なおさらいただけない」

書いていた手が止まった。

いまでも、ときどきその言葉を思い出す。そして、あの若い脚本家は、あのあと、どうしただろうかと考える。

「夜」の箱

ふと、自分はいま、二十一世紀を生きているのだなぁ、と思う。

これは、二十世紀に少年少女時代を過ごした者であれば、皆、思い当たるだろうが、二十世紀における未来というのは、そのほとんどが二十一世紀を指していた。つまり、二十一世紀が来たら、われわれは未来というものを存分に味わえるのだと夢想していた。何かそれまでとは違う新しいものや想像もつかないものが次々と発明され、それらが自分たちの生活のさまざまな面に彩りを与える——そう信じていた。

さて、二十一世紀になって、すでに二十年が経つわけだが、インターネットの普及がもたらした、さまざまな分野における革命的進化は、間違いなく夢想していた未来のひとつに数えていい。確実に、あのころの未来が現実のものとなりつつある。

となれば、せっかく二十一世紀に来ているのだから、前世紀には実現不可能であったものを、「いまなら、なんとかなるんじゃないか」と考案してもいいのではないか。

それで、あれこれと考えてみた結果、自分が手にしたいと思ったのは、持ち運びのできる「夜」だった。

なんというか、うまく説明できるかどうかわからないのだが、たとえば、スニーカーがひと組はいるくらいの箱の中に、「夜」がおさめられていて、箱のふたをひらくと、いつでも「夜」が味わえる。白昼堂々、誰にも邪魔されることなく、自分ひとりだけ「夜」を享受できるのだ。

もっとも、「夜」といっても、その定義は人それぞれであろうから、自分の思う「夜」を簡潔にまとめてみると、

「静かであること」

「ほの暗いこと」

「ひんやりしていること」


の三つに要約される。

これは逆に云うと、日常生活を送っていて、しばしば、「騒がしくて」「目にまぶしくて」「暑苦しいもの」に苛まれているということである。

ちなみに、そうした状況は昼間だけではなく夜にも起こりうる。せっかく昼が終わって夜になったというのに、周囲が騒がしかったり、明る過ぎたり、暑苦しかったりして、「夜」を感受できないときがある。

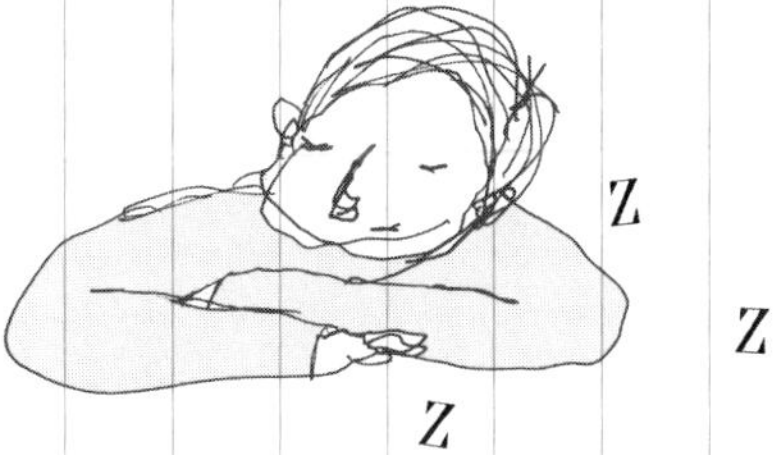
Z
Z
Z

そういうときに、このポータブル・サイズの「夜」の箱をひらくと、夜を乱すものがことごとく駆逐されて、本来あるべき「夜」に整えられていく。なにしろ、われわれは、すべてが可能となる未来へ来ているのだから、こうした空想的というか非現実的な望みであっても、案外、叶うのではないかと思える。

が、箱をひらいただけで、騒がしいものが、しんと静まり返るというのは、いささか抽象的かつ詩的であるかもしれない。この箱は一種の精神安定剤のようなもので、目に見える効果がなくても、その箱の中に「夜」があると認識できれば——そう思うことができれば——それでいいのである。

「陽だまり」に対して、「闇だまり」とでも云えばいいのだろうか、「夜」というのは、つまり闇のことでもあるのだから、闇が箱の中に「闇だまり」になっておさまっていれば、なんとなく、それだけで心が落ち着いてくる。

と、そうして考えを進めてきたところで、

（待てよ）

となった。

なにも、ことさら「夜」がどうのこうのと云わなくても、ふたがついている閉じられた箱というのは、これすべて、その中に闇を有している。闇＝「夜」であるのなら、すべての箱の中には、あらかじめ「夜」が閉じ込められていると考えていい。

いや、それだけではない。闇を封じ込めているのは箱に限らず、われわれが日常的に使用している、きわめて身近なものがある。

カバンである。カバンの中には闇があるのだ。

カバンの中は基本的に、静かで、ほの暗くて、ひんやりとしている。つまり、自分が考える「夜」の条件をすべて充たしている。

そう思うと、なんだか愉快になってくる。

電車に乗ってごらんなさい。乗客のほとんどがカバンを持っていて、そのいちいちに「夜」が仕舞われている。

街を歩けば、あちらにもこちらにもカバンを手にしたり背負ったりしている人がいて、そのすべてに「夜」が宿されている。

持ち運びのできる「夜」というのは、いかにも未来的なものであろうと思ったのだが、じつのところ、何百年も前から誰もが手軽に持ち運んでいるのだった。

騙されたと思って

「騙されたと思って、一度、食べてみてくださいよ」

と、ある人に云われた。

「ええ、そうですね」と生返事をして、別の話題になり、しばらく話した

あとで別れ際に、

「ね、さっきのあれ、騙されたと思って」

と、また念をおされた。

とんかつの話である。

なんでも、某駅から歩いて十分ほどのところに、じつにおいしい、とんかつ屋があるとのこと。こちらは特にとんかつが食べたかったわけではないし、とんかつなら、あの店かこの店、と吟味の末の行きつけがある。

それに、「騙されたと思って」という云い方が、どうにも気になった。いつごろから使われ出した言葉なのだろう。話の流れで耳にするときは特に気にならないのだが、この言葉だけを切り取って、じっくり味わってみると、なんとも奇妙な云いまわしである。

言葉を受け取る側から考えてみると、云うまでもなく、誰しも騙されたくはないわけで、そういう構えでいるところに、あえて「騙されたと思って」と、まだ起きていないことを過去形で仮定してくる。別の言語に翻訳するとしたら、どのようになるかわからないが、もう少しやわらかい日本語に翻訳してみると、「失敗をおそれず」ということになるだろうか。あるいは、「あまり期待をせずに」という意味でもあるだろうし、似たような言葉に、「駄目で元々」という決まり文句もある。

この「駄目で元々」というのも、じっくり考えてみると、おかしな話で、どうして元々からして駄目であると決めつけられてしまうのだろう。

「まぁ、どうせ駄目で元々なんだからさ」

と、あっさり云われてしまったりする。そのうえで、

「まぁ、駄目モトと思って挑戦してみたらいいよ」

と、かなり無責任な感じで背中を押されたりする。挙句、きわめつきの殺し文句があって、最後の最後に、

「失うものなど何もないんだから」

とくる。

おそらく、いったん自分の能力や守備範囲のようなものを下方修正し、そ

うすることで、肩の力を抜いてトライせよ、ということなのだろう。しかし、こうたて続けに云われてしまうと、自分は基本的に駄目なヤツで、失うものをひとつも持っていない人間なのだ、とがっかりしてしまう。

「失うものなど何もない」というのは、かなり際どいセリフで、この手の、あえてマイナスなことをぶつけてくるセリフには、それなりに歴史があって、その最たるものが、

「当たって砕けろ」

であろう。これに、ギャンブルの要素が加わってくると、

「イチかバチか」

と、いよいよ切羽詰まってくる。

あるいは、こうした言葉を総動員し、次のようなセリフを口にしたり耳にしたりした人もいるかもしれない。

「駄目で元々じゃないか。君は失うものなんてなにもないんだ。騙されたと思って、イチかバチか、当たって砕けろ」

まぁ、ここまでオールスターで並べ立てることはないかもしれないが、これが人を鼓舞するときのセリフになっているのだから、おかしな話だ。

とはいえ、何を隠そう、「騙されたと思って」というフレーズは、自分も何度か使った覚えがある。

で、耳にする方ではなく、口にする方にまわってみれば、「騙されたと思って」と付け加えるときは、いまひとつ確信にまで至らない、少々の迷いがあるときではないかと思われる。

まず間違いなく、そのとんかつ屋はおいしいのだけれど、「絶対」と断言するところまではいかない。きっと、「おいしい」と云うに違いないけれど、万が一、口に合わなかったときのことを考えて、「騙されたと思って」とい

う云い方になる。おそらく、本来の云い方は、

「私を信じて、一度、食べてみてくださいよ」

ではないかと思うのだが、このセリフにはまた別の問題があって、「この私が云うのだから」というニュアンスが含まれてしまう。そんな上からの目線を選ぶより、「騙されたと思って」と云うことで、同じ目線の親しさを強調しているのだろう。

といった考察はしてみたのだが、件《くだん》のとんかつ屋には、まだ行っていない。

よそ見

「よそ見をしないで」

と母にしかられたのを思い出す。

そもそも、よそ見とは何だろう――。

しかられてしまうのだから、やはり、よそ見は、よくないことなのだろう。

おそらく、よそ見をしてしまう原因の多くは欲望と関わりがあり、目の前のことだけでは物足りず、つい、前後左右で起きている別のことが気になって、そちらを見てしまうのである。

そういえば、「よそ見」の親戚のような言葉に「目移り」というものがあり、これもまた明らかに、よろしくないことと思われる。

子供のころはともかくとして、大人になってから、よそ見をしたり、目移りをしたりしていると、ついには、「浮気者」と罵られる。

こう考えてくると、よそ見というのは、欲望の増大が招いた欠陥のひとつではないかと思われるが、どういうわけか、時と場合によって、評価が一変することがある。とりわけ、スポーツ選手などに対してより顕著で、たとえば、サッカー選手が試合中に、あたかも、よそ見をしたり、目移りをしたりしているかに見えるのに、

「視野が広い」

と絶賛されたりする。そうして、ひとたび「視野が広い」という言葉が持ち出されると、起きていることはほとんど同じなのに、誰も「よそ見」や

「目移り」などとは云わなくなる。

「欲望の増大による欠陥」であったものが、「多重的な処理能力」などと持ち上げられたりする。


それにしても、子供のころは世界が広かった。それはつまり、まだ何も知らなかったということで、「世界」などという言葉を使ってみたところで、本当に世界を知っていたわけではない。

なにしろ、二丁目の先の大通りから向こうへ行ったことがなかった。自分が住む町の一丁目から五丁目までで、生活のすべてが完結していた。

大通りの向こうから先には、とてつもなく広大な世界がひろがっていて、そこから先は遠いところであって、イギリスも南極も月も江戸時代も、すべて同じように遠かった。

ところが、大人になるにつれて、少しずつ世界を知るようになり、最初はイラストで、次に写真で、さらには映画やテレビといった映像で、「遠いところ」のさまざまな事情を見聞できるようになった。いまは、インターネットを通じて世界中のおよそあらゆる路地裏にアクセスできるまでになっている。

こうした状況を、世界が「広くなった」と云えばいいのか、「狭くなった」と云えばいいのか、よくわからない。世界中から届く情報が増えたことだけは間違いなく、当面の問題は、日々、情報に翻弄されて、「よそ見」と「目移り」が止まらなくなっていることではないかと思われる。

であるなら、この膨大な情報群に対し、いかにして広い視野を持てばいいか、その術《すべ》をサッカー選手に教わるしかない。

O

けれども、正直に云うと、あまりの情報の多さに、いつからか辟易し始めていた。世界の広さを知ることが重荷になってきたのである。

子供の頃に戻りたい、と云いたいところだが、もちろん戻れるはずもない。となれば、奥の手を使うしかなく、「多重的な処理能力」に、あえて背を向けて知らぬふりをすることにした。インターネットを中心としたさまざまなメディアによる情報を少しずつ封印してみたのだ。

そうして情報に背を向けたことで見出されたのは、その方が目の前のことに集中できるという周知の事実だった。急に半径二メートルで起きていることが鮮やかな色彩を帯び、たとえば、お湯をわかして一杯のお茶を飲むまでの自分の一挙手一投足が、いちいち心地よく感じられるようになった。

「よそ見をしないで」

と母の声がよみがえる。

その警告の本当の意味を、いまごろになって噛みしめている。欲張ってはならないのだ。手もとがおろそかになってはならない。

目の前のことに、まずは集中すること。

世界に対しては、いつまでも子供でいる方が、どうやら居心地がいい。

夜に口笛を吹くと

ネス湖のネッシーの正体は大ウナギではないか、という記事を読んだ。あくまで仮説であり、そのこと自体は、まぁ、そんなものなのかな、という感想しかない。ただ、その記事の中に、毎年、ネッシーを見ようと世界中から数万人の観光客が訪れている、とあった。参考のため、別の記事を読んでみると、数万人ではなく五十万人と書いてある。インターネット上の記事とはいえ、数万人と五十万人ではずいぶんと差があり、ネッシーの存否より、その数の曖昧さが気になった。

そもそも、ネッシーの存在は昨今の言葉で云うところの、都市伝説やフェイク・ニュースのカテゴリーに収まるものだろう。もう少し言葉を換えて云うと、迷信の類とでも云えばいいか。

それを何と呼ぶかで印象が変わることがあり、都市伝説ではなく「迷信」と呼ばれ出すと、「信」の字が使われているせいか、少しばかり格が上がるように思う。この場合の「上がる」は、信憑性が上がることなのか、嘘の質が上がることなのかわからないが、自分の経験からすると、迷信と呼ばれているものには、子供のころから、けっこう親しんできた。

真っ先に思い浮かぶのは、「茶柱が立つと、いいことがある」という迷信で、湯呑みを覗き込みながら、茶柱が立ったことを喜ぶ両親の姿を目にしてきた。おかげで、こちらも茶柱が立っているのが発見されると、なんとなく嬉しくなってくる。

「夜に爪を切ってはいけない」

「霊柩車を見たら、親指を隠せ」

といったあたりは定番で、信じているのか、と訊かれたら、「はい」と即答はしないまでも、しばらく我が身を振り返って、「そうですね、信じてるみたいです」と、やや他人ごとのように答える。

かくして、迷信は世に広まり、「まぁ、迷信なんだけどね」と云いながらも、自然と反応してきた。

声に出して表明する機会は少ないものの、たとえば、数字の「四」を敬遠したり、逆にラッキー・セブンなどと云って「七」に喜び、「末広がり」の「八」を愛でたりという場面はよくある。こうしたことは、迷信というより、「縁起」と呼ぶのがふさわしく、ひとたび、この言葉が使われると、さらに格が上がるように思う。

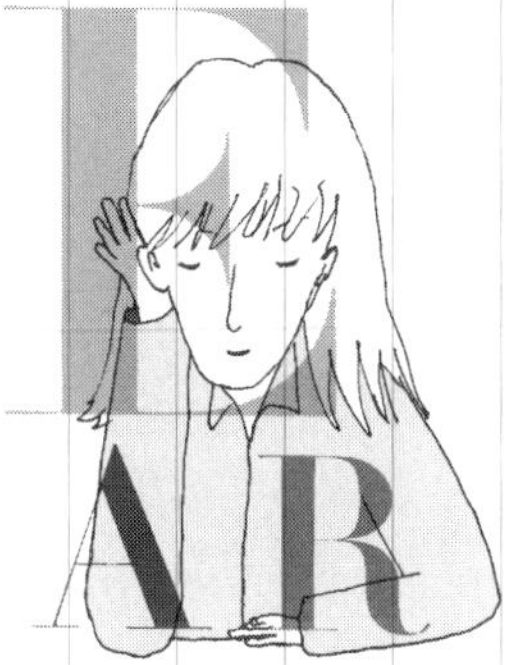

「縁起を担ぐ」と祖父や祖母がよく云っていた。父や母の言葉は、「まぁ、そうなのかな」で片付けていたが、祖父や祖母に、

「北枕で寝てはいけません」

と云われてしまうと、背筋が伸びた。

そうした子供のころに聞かされたものを、大人になって他人の口から聞く機会が増え、それで、よりいっそう確たるものになっている。

「夜に口笛を吹くと蛇が出るよ」

祖母は大真面目な顔でそう云っていた。どことなく、ネッシーが思い出される。「そんなの都市伝説ですよ」と一笑に付されたらそれまでだが、「絶対ではないけれど、なんとなく、北枕は避けている」と多くの人から聞くうち、いわばマイルドな信仰のようなものになったのだろう。

たとえば、外出の折に空模様が怪しく、これはひと雨くるに違いないと踏んで、傘を持って出る。すると、その日一日、雨が降ることはない。が、もし、傘を持って出なかったとすると、ほぼ百％の確率で雨が降る。

あるいは、駅の階段をのぼってホームにたどり着くと、ちょうど電車のドアが閉まって乗りそこねる。これも、限りなく百％に近い確率で繰り返されてきた。

大学で社会心理学を学んだ友人に、この確率の高さの不思議について話してみたところ、ただちに、「それは正しくないでしょうね」と諭された。

「雨に降られたとか、電車に乗れなかったというマイナスの出来事は記憶に残りやすいんです。スムーズに電車に乗ったときのことは記憶に残りません」

まぁ、そうなのかな、とは思う。

「そういうのは、迷信や縁起ではなく、せいぜいジンクスってところじゃないですか」

なるほど、どうやら、ジンクスというのはきわめて個人的なもので、それが多くの賛同者を得られたときに、ようやく迷信や縁起といったものに昇格するらしい。

「傘を持って出ると、雨は降らない」

はたして、このジンクスが多くの信者を得るときがくるのだろうか。

普段着

「よそいき」という言葉がある。漢字を使って書くと、「余所行き」で、辞書の説明には、「外出するときに着ていく服」とある。

実際には、これに「普段より、ちょっといいもの」というニュアンスが加わり、さらに云うと、「見栄えのいいもの」といった領域にまで及んでいる。

そんな、よそいきの服が、ある日、「普段着」に転落するときがくる。

セーターで云うと、毛玉だらけになってしまったり、袖がほころんでしまったり、襟ぐりが伸びてしまったり、といったような「見栄え」の点におけるマイナス・ポイントが加算されたときだ。まだまだ充分に着られるのだけれど、いまひとつ見栄えがよろしくないと判断されたときに、そのセーターは、「よそいき」から「普段着」へ二軍落ちとなる。

おかしな話だ。

転落や二軍落ちというのは、半ば冗談のつもりで持ち出したのだが、そうは云っても、「普段着」より「よそいき」の方が上級であるのは、誰もが認めるところかもしれない。

先日、とある会合があって、ドレスコードのあるところへ行く必要があった。「ご利用案内」なるものに目を通すと、「男性はネクタイを着用してください」とある。ドレスコードのあるところへなど、めったに行かないし、ネクタイというのも、まず、着用する機会がなかった。

こうした場合、当然ながら、ネクタイだけ締めていけばいいというものではなく、衣服や靴といった身につけるすべてが、それなりの「よそいき」ということになってくる。というか、こうした場合は、「よそいき」の中でも、「特上」ランクの服や靴を選んで臨むことになる。

致し方なく、自分の手持ちの中で、ぎりぎり、どうにか「特上」と云い得るであろう衣服に身を固め、慣れない手つきでネクタイを締めて、指定の場所へおもむいた。

そこで、何人かの方々と話し合いをする必要があったのだが、まったく自分が自分ではないような心地で数時間を過ごした。どういうわけか、しどろもどろになって、うまく話せない。

結局、その日の話し合いはまとまらず、「また、後日」ということになって、終わったあと、異様に疲れていることに気づいた。

もし、ネクタイなど締めずに普段着で話すことができたら、もっと建設的な話し合いになったのではないか——。

その数日後、駅前の喫茶店でコーヒーを飲みながら本を読んでいたら、隣の席に差し向かいに座っていた二人の女性が英語で話し始めた。

（はて？）

本から顔を上げて、二人のご婦人の顔をそれとなく見ると、顔だけでは断定できないものの、同じ年恰好の日本人のようである。なにしろ、いまさっきまで日本語で話していたはずなのに、突然、チャンネルが切り替わったように会話が英語になったのだ。

本を読むふりをしながら、二人の会話に耳を傾けていると、どうも、一人のご婦人は流暢に話しているが、いま一方のご婦人は言葉を探り出すのに時

BOOK
ABC

間がかかっている。たびたび、沈黙をしたり、「ああと」「ええと」が挟まれて、そのたび、流暢な彼女が、「ええと」の彼女に先んじるように正しい言葉を選んでリードしている。そのやりとりに、いささかも遠慮がなかった。

どうやら、二人は旧知の仲で、流暢な彼女が、「ええと」の彼女に英会話のレッスンをしているようだった。その証拠に、突然、英語から日本語に戻り、

「そうなのよ。フォーマルな会話じゃなくて、わたしは普段着の会話がしたいの」

と、「ええと」の彼女が流暢な日本語でそう云った。そして、またすぐに、たどたどしい英語に戻る。おそらく、レッスンのあいだは、すべて英語で話すことにしているのだろう。

ところが、しばらくそんな英会話がつづいたところで、急に二人とも日本

語になり、このあいだ、テレビの通販番組で買ったトート・バッグが、どんなに使いやすくて安かったかを楽しそうに話し始めた。二人とも英語で話すルールを忘れてしまったらしい。

人は本当に普段着の会話をするとなれば、自然と母国語になる。

それでも、人は異国の人たちと普段着の会話をしたいと願っている。

まわれ、洗濯機

これまでに、いくつかの物語を書いてきた。物語には、かならず始まりと終わりがあり、あたりまえのことだけれど、語り始めなければ始まらないし、語り終えなければ終わりは来ない。

そうしたことは、書いているときには、あまり意識しない。

が、いくつかの物語を書いてきたということは、いくつかの「始まり」と「終わり」を書いてきたことになる。

どちらかというと、「始まり」については、少しばかり意識が働く。どのように始めるか、ではなく、どこから物語が始まるのか、その舞台となる場所が気になる。

気になる、などと書くと、まるで他人ごとのように聞こえるだろうが、なにしろ、まだ書き始めていないのだから、その物語は、まだ自分のものとは云えない。どこか他人ごとのように傍観し、どういう場所が物語を引き寄せるだろうかと、なんとなく横目でうかがっている。

いまもちょうど、物語を書き出すべく準備をしていて、明確な場所はまだ思いつかないが、なぜか、頭の中で洗濯機がひとつまわっている。

「まわれ、洗濯機」

という、タイトルとも煽り文句ともつかないフレーズが耳の奥から聞こえ、誰もいない、何もない空間に、ただ一台の洗濯機がまわっている。

いつからか、このイメージが自分の中に居座り、このイメージを抱えたまま近所を散歩していたら、まさに頭の中の絵空事であったものが、突然、目の前にあらわれた。

コインランドリーである。

夜のずいぶんとおそい時刻で、あたりは暗かったが、コインランドリーだけに明かりが宿っていた。そして、洗濯機がひとつまわっている。

ところが、人の姿はどこにもなく、おそらくコインを投入して洗濯機をまわした人は、終了予定時間までのあいだ、どこかでコーヒーでも飲んでいるのだろう。

立ちどまって、しばらく眺めていた。

おかしな光景だ。

よく見ると、奥の方にある洗濯機もまわっていて、その洗濯機の周辺にも人の姿はない。ただ、洗濯機だけがまわっていた。

その人もやはり、どこかでコーヒーでも飲んでいるのだろうか。

なんだか、いいものだな、と感じ入った。

どこの誰かは知らないけれど、いま目の前で、その誰かの衣服らしきものが洗濯機の中で、ひたすらまわっている。いや、単にまわっているのではなく、まわりながら、刻一刻と汚れが落とされていく。

こちらは物語を書こうとしているので、この場合の汚れは、その誰かの記憶に等しい、などと考えてしまう。汚れた衣服に染みついていた、この一週間のあれこれが洗い落とされ、回転しながら水の中に消えていく。

そんなことを考えながら、コインランドリーの先にある喫茶店でコーヒーを飲んだ。店には三人の先客がいて、先の妄想と考え合わせると、この三人の客のうち、二人はあのコインランドリーで洗濯機をまわしていることになる。

三人とも若者で、三人とも一人客で、三人とも、どこかくたびれていた。

おそらく、コインランドリーに行く曜日は決まっているのではないか。その日が一週間の中のちょっとしたピリオドになっていて、汚れた服をきれいに洗い、くたびれた自分に一杯のコーヒーを恵んで、次の一週間に臨む。

そのピリオドのひとときの中心に、一台の洗濯機がまわっているのだ。

まわっている、というのがいい。

前進でも後退でもなく、同じところで、ただひたすら回転している。回転するものには、どこか哀愁がある。

まずもって、地球がそうだ。いつでもどこかに傷を負いながら、けなげにまわりつづけている。

あるいは、猫が自分の尻尾にじゃれて回転してしまう姿は、可愛らしいものだけれど、どこか哀しくもある——。

コーヒーを飲み終えて、帰りにまたコインランドリーの前を通りかかると、さっきの二台はもうまわっていなくて、別の一台がまわっていた。

相変わらず、人の姿はない。

旅先で読む本

遠いところへ旅に出かける機会は少ないけれど、さほど遠くないところへ短い旅に出ることは、それなりにある。観光が目的ではない。普段の生活とあまり変わらないことをする旅だ。だから、電車に乗って行く。飛行機も船も非日常的すぎるので、そんな過程を経るのは好ましくない。荷物にしても、着替えを少しと本を何冊か。ノートか手帳が一冊あればいい。あとは、水と薄荷飴と常備薬か。いずれも普段から持ち歩いているもので、非日常的なのは、着替えを持って行くことくらいだ。

行き先は海でも山でも森でも川でもいい。寝泊まりするところから歩いて行ける距離に本屋とコーヒーが飲めるところがあれば申し分ない。そう考えると、森の中ではなく、自分のテリトリーから外れたよその街へ旅するのが最良ということになる。

同じところにとどまりつづけていると、身も心も縮こまって息苦しくなる。といって、まったく違う世界に出向くのも、馴染むまでの時間が必要になって身も心もほどけない。

そういうわけで、東京から電車に乗って数時間のところにある街へ旅に出る。旅先では普段どおり、ただ本を読んで、コーヒーを飲んで、気が向けば文章を書く。その街に住んでいる、どこか自分と似たような嗜好を持った人が食べに出かける食堂を探し当て、何ら特別ではない、ごく普通の食事ができたら、その旅はもうそれでいい。

旅のあいだ、ずっと本を読んでいたこともあった。「何をしに行ったの？」と厳しい口調で問い質されることもある。が、自分としては、そもそも「何かをしに行く」のが好ましくないので、そういうことになる。

では、東京の自分の部屋で本を読んでいるのと、電車で数時間ほどの距離にある街で本を読むのは何か違うのか、という話になってくる。

これは明らかに「違います」と云いたい。

というより、旅先で読む本は、なぜ、いつもの読書と違うのかというテーマで本を一冊書いてみたい。はたして、それが自分だけに芽生える特殊な情緒によるものなのか、それとも、多くの人が感じている普遍的な感興であるのか、いつか検証してみたい。

自分の経験からすると、旅先で読んだ本は、ときに香ばしい山椒のようである。決して大きな変化をもたらすわけではないけれど、ピリリとした印象

的な影響をその後の人生に与えうる。どうしてなのか、理由はいくつも考えられるが、おそらく、自分が日常の外へ出ていることが大きい。本はいつもどおりの本なのだが、自分が外へ出ていることで、一冊の本のその佇まいからして、いつもと違って見える。

仮に、その本が何度目かの再読であったとしても、それまで、さして感じ入ることのなかった文章が、いちいち抜き書きをしてしまうほどになる。なにより、いつもより、ずっとゆっくり読んでいることに気づく。

長いあいだ、本にたずさわる仕事をしてきたので、「何かお勧めの本はないですか」と訊かれることが多い。が、まったく見ず知らずの人から、いきなりそう訊《たず》ねられる場面もあり、本来、「お勧め」というのは、その人の性格や好みや、これまでどんな本を読んできたかを踏まえた上で伝えるものだろうが、この場合の、「お勧め」というのは、おそらく、ぼく自身が読んで面白かった本——この「面白かった」という云い方も正しいかどうかわからない——を挙げてほしいということなのだろう。

が、この文章をここまで書いてみて、ようやく気がついた。

「どんな本がお勧めであるか」ではなく、「どんなふうに本を読むのがいいか」を提案すればいいのだ。

外へ出ること。

ゆっくり読むこと。

そして、一人きりで読むこと。

とりわけ、ゆっくり読むことがお勧めで、ゆっくり読むと、まるで別の本として読めるので、再読でもいっこうに構わない。

おまけとして、旅先で本を読んで東京にかえってくるときの話——。

あと少しで東京に到着というところで、「まもなく、東京、東京」と車内アナウンスがある。その瞬間まで、やはり本を読んでいて、アナウンスに顔を上げて車窓の外を眺めると、夕方の街並みにあかりが灯されていくのが見える。店々のネオンが見え、オフィスの窓の中で働いている人たちが見える。列車が到着するまでのわずか数分。そのときの東京が、どんな東京よりも、愛おしく感じられる。

見えないもの

人間の探究心のひとつに、「見えないもの」を見てみたい、というのがある。「見えないもの」を「まだ見ぬもの」と云い換えれば、人間の欲望に関わるあれこれは、すべて、ここに根ざしていると云えるかもしれない。

「本当に大切なものは目に見えない」

星の王子さまが、そう云っていた。

たとえば、愛情や友情といったものは、目に見えないけれど大切なもので、それらを支えている信頼や誠実といったものは、なおさら大切である。

こうした感情や意志が仕舞い込まれているとされる「心」と呼ばれるものは、「見えないもの」の仮想的な象徴で、中でも、心に「真」がついた「真心」は、ひときわ尊いとされている。

となると、「見えないもの」の頂点に君臨するのは「真心」なのかと、しばし考えたが、いささか抽象的なので、もう少し現実的なイメージに引き戻し、ここはやはり、「命」の一字に託すのがいいのではないかと思い至った。

おそらく、われわれは誰ひとり、命そのものを見たことがない。それゆえ、命を絵に描くことができない。しかし、命ほど大切なものはないというのは誰もが認めるところだろう。

一方、命を脅かすものもまた、ときに、目に見えなかったりする。それで、われわれは、体の奥の奥——細胞のひとつひとつまでをも精査できる機器を開発してきた。見えない敵をどれだけ可視化できるかが、人間の営みの重要な課題で、敵を可視化することで、命という曖昧なものに輪郭を与えてきた。

そういう意味では、医療、医学に携わる人たちこそが、見えないもの――命を見えるようにしてきたと云える。


昨年、書き上げた小説は七十五年後の未来が舞台で、そのくらい先のことになると、どれほど想像力を駆使しても、まるで予測がつかない。予測しても無意味であり、概念ごと覆されるような進化や変化が起きると考えた方がいい。それで仕方なく、こうなればいいのだが、という願望を書いた。

そのひとつに、〈ミラー〉なるものがあり、これは人間の全身が映る大きな鏡なのだが、毎朝、〈ミラー〉の前に立つと、鏡の中に仕込まれたセンサーが目に見えない体の中の様子を瞬時に読みとってくれる。「食道に異変の兆候が見られます。飲みすぎに注意しなさい」などと警告してくれるのだ。

宇宙の彼方に向けられた望遠鏡も人間の探究心を大いに満たしてくれるだろうが、命がなければ、満たすべき容れものが失われてしまうのだから、外よりも中の方をより探求すべきではないかと思う。

しかし、いまのところ、われわれが安価に手に入れられる手ごろな体内測定器は、ほとんど体温計だけで、これに次ぐポピュラーなものとなると、体重計と血圧計くらいだろうか。

では、言葉には何ができるのだろうかと考えてしまう――。

言葉であらわすものには、見えるものと見えないものの分け隔てがない。目の前の皿の上に置かれたドーナツを描写しながら、同時にドーナツをめぐるこれまでの記憶が語られる。さらには、ドーナツの穴の部分、あの空白に何を見出すかという哲学が語られるときもある。とりわけ、詩や歌や句といったものは、目に見えるものだけをとらえるのではなく、どちらかというと、

見えるものに託して、見えないものをあぶり出しているように思われる。

あるいは、「物語」と呼ばれるものを書くとなると、大なり小なり、何かしら事態の推移のようなものを描くことになる。ひとつの出来事が次の予期せぬ出来事を呼び、その推移によって、出来事に関わっている人間たちにも考えや行動に推移が生じる。

この「考え」や「行動」といったものを司る何か――「何か」としか書きようがない見えざるものの核心にタッチしようとする試みが、物語を書いていく原動力になっている。「核心」もしくは「中心」――言葉としてはそうなるが、そこにやはり、「心」という文字が見える。

医学が扱うのが命であるなら、物語を書く者は、心を扱うことで、やはり見えないものを、いかにして言葉に置き換えられるかに挑んでいるのかもしれない。

「本当に大切なものは目に見えない」というセリフは、表面的なことだけで推し量ったり、決めつけたりしてはいけない、と云っているように思われるが、この文章を書くにあたって、何十年ぶりかで『星の王子さま』を読み返してみたところ、このセリフはもともと王子のものではなく、王子が出会った狐のセリフであることが判明した。てっきり、王子のセリフであると思い込んでいたのだ。

「見えないもの」を探求する前に、まずは「見えるもの」をしっかり把握しなさい、ということだろう。

あとがき

◉この本は、北海道新聞で二〇一六年から二〇二〇年まで連載されたエッセイに書き下ろしを加えて編集したものです。本編にも書いたとおり、ぼくは北海道に行ったことがありません。ですので、一度も行ったことのない土地で発行されている新聞にエッセイを書いているのは、とても奇妙でおかしな経験でした。

◉何年か前に、『ブランケット・ブルームの星型乗車券』という絵本のような架空のコラム集を上梓したのですが、この本の主人公であるブランケット・ブルーム君は、「毛布をかぶった街」の異名を持つ寒い街でタブロイド新聞にコラムを連載しています。その連載を集めた本という体裁で、もちろん隅から隅まで架空のお話です。

●『ブランケット・ブルーム――』を書いていたのは、ずいぶん昔のことで、北海道新聞の連載が始まる前のことです。ですから、北の街の新聞にコラムのような短い文章を連載することになったとき、自分の書いたフィクションを自らなぞっていくような心地になりました。「奇妙でおかしな経験」というのはそういう意味なのですが、「奇妙な」と「おかしな」は本書のタイトルにも使われている言葉です。

●「奇妙な星」というのは、云うまでもなくこの地球のことであり、「おかしな街」というのは、自分が生まれ育って、いまも暮らしている東京を指しています。以前より、「おかしな」という言葉に愛着があり、この言葉には、

「奇妙な」という意味と、「愉快な」という意味があります。とはいえ、この場合の「奇妙」や「愉快」には正しい語意に少しばかり――あるいは大いに――「困惑」がまぶされているように思います。おそらく、自分が書きたかったのは、「奇妙で愉快な困惑」だったのでしょう。平たく変換してみれば、「よく考えてみると、何か変だぞ」となるでしょうか。ポイントは、「よく考えて」にあり、よく考えないことには、何が奇妙でおかしいのか、わからないということです。よく考えてみれば、この星やこの街ではかなりおかしなことが起きているわけですが、ぼくも含めて、多くの人たちが、およそ気にとめることなく日々を過ごしています。

●本書の最後に置かれている「見えないもの」という一編は、連載の最終回として掲載されたもので、執筆したのは二〇二〇年の一月でした。そのときはまだ、世界中が――この星が――未知のウイルスに冒されるとは思いもよりませんでした。見えないものをあぶり出すのが物書きの仕事であると肝に銘じて書いてきましたが、このようなかたちで、この星の住人の誰もが「見えないもの」と対峙することになるとは——言葉を失います。

◉しかし、物書きが言葉を失ってしまったらそれまでです。いま一度、自分の書いた文章のしめくくりを読みなおしてみると、「『見えないもの』を探求する前に、まずは『見えるもの』をしっかり把握しなさい、ということだろう」とあります。当たり前のことですが、見えないものと共存していくためには、見えるものを、より注意深く凝視する必要があるのだと思います。

◉本書は、いわゆるエッセイ集と呼んでしかるべきものとしては二冊目になります。書き下ろしのエッセイのようなものは何冊か書いていますが、連載された小説ではない文章を集めたものとしては二冊目で、一冊目は『木挽町月光夜咄』というタイトルでした。木挽町はぼくの本籍地で、曾祖父が一代限りでたたんでしまった鮨屋を営んでいたところです。いまこの界隈は「木挽町」ではなく銀座二丁目から四丁目の一部になりかわっているのですが、本書の版元である春陽堂書店は、編集部の窓から、かつての木挽町を見おろせるところにあります。ビルを出て横断歩道を渡り、二、三分も歩けば、そこがぼくのルーツの地です。そんなところから、本書のタイトルを『東京銀座木挽町』にしてみようかとも思ったのです。

◉というのも、この本の意匠をどんなものにしようかと考えていたとき、春陽堂書店と縁の深い小村雪岱画伯の『日本橋檜物町』という本が思い浮かんだからです。しかし、すでに一冊目の表題に「木挽町」は使ってしまったし、内容的には、特に銀座を意識したものではありません。それで、『奇妙な星のおかしな街で』という連載時のタイトルに落ち着いたのですが、先に書いたとおり、この「街」は自分のルーツの場所である東京を指しているのですから、言葉の印象はずいぶん違うものの、云わんとしているところは同じなのだと納得しました。

◉この本をこうして世に送り出してくださったのは、春陽堂書店の永安浩美さんです。また、連載を導いてくださったのは、北海道新聞の恵本俊文さんでした。お二人に心より感謝いたします。

◉そして、読者の皆様、ささやかな本でありましたが、最後までお読みいただき、誠にありがとうございました。

二〇二〇年　初夏

吉田篤弘

初出——北海道新聞　二〇一六年～二〇二〇年
「幸福な時限爆弾」「天国の探偵」「旅先で読む本」
は書き下ろしです。

吉田篤弘（よしだあつひろ）
一九六二年東京生まれ。作家。小説を執筆するかたわら、クラフト・エヴィング商會名義による著作とデザインの仕事を続けている。著書に『つむじ風食堂の夜』『それからはスープのことばかり考えて暮らした』『おやすみ、東京』『チョコレート・ガール探偵譚』『天使も怪物も眠る夜』『月とコーヒー』『流星シネマ』など多数。

奇妙《きみょう》な星《ほし》のおかしな街《まち》で

二〇二〇年七月一五日　初版第一刷　発行
二〇二〇年九月二〇日　初版第二刷　発行

著者　吉田篤弘
発行者　伊藤良則
発行所　株式会社 春陽堂書店
〒104-0061 東京都中央区銀座3-10-9 KEC銀座ビル
電話 03-6264-0855（代）
印刷　惠友印刷株式会社
製本　加藤製本株式会社

ISBN978-4-394-90371-0 C0095